Porrada

Rita Bullwinkel

Porrada

Romance

tradução
Marcela Lanius

todavia

Para minha irmã, Audrey, testemunha de tudo

*Foi só depois do período clássico que as meninas gregas
passaram a competir em eventos de atletismo voltados
para homens. Há menções escassas e tardias sobre
tal mudança, o que parece sugerir que essas meninas
vinham de circunstâncias sociais extraordinárias.
[...] Um registro encontrado em Delfos, que data
do primeiro século d.C., relata a participação de
duas jovens em corridas de biga e corridas a pé. [...]
Contudo, é provável que as meninas tenham competido
apenas entre si, numa espécie de corrida para filhas...*

Thomas F. Scanlon,
pesquisador em história antiga, "Jogos para meninas"

12º torneio anual

——

Copa Filhas da América
CATEGORIA ATÉ 18 ANOS

local
Bob's Boxing Palace

Reno, Nevada
14 e 15 de julho, 20xx

14 de julho

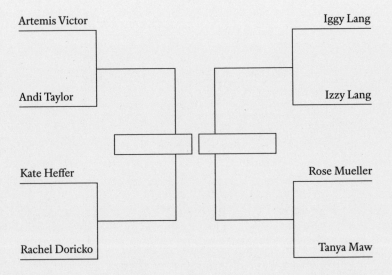

Artemis Victor
vs.
Andi Taylor

Andi Taylor bate um punho contra o outro, dá socos no próprio abdome achatado e não pensa na mãe que ficou em casa cuidando do irmãozinho, nem no carro, que por pouco não deixou ela na mão na viagem até aqui, não pensa no emprego de verão, no trabalho de salva-vidas na piscina pública apinhada de gente, não pensa no menino de quatro anos que viu morrer, o menino de quatro anos que ela praticamente matou com as próprias mãos, nem nas bochechas azuis dele. Adolescentes não deveriam ter um emprego que envolve salvar crianças. Não importa quantos treinamentos de primeiros socorros tenham feito. Andi matou o menino com seus olhos distraídos. O calção de banho dele tinha estampa de caminhõezinhos vermelhos. E ele parecia feito de plástico. A sensação de tocar a coxa daquele menino quando ela o puxou do fundo da piscina, já morto, e de como foi fácil agarrá-lo, de tão pequeno que era, Andi não pensa em nada disso. Direciona os olhos para a claraboia no teto, para a luz que vai entrando nesta academia caindo aos pedaços, e pensa em todas as coisas que faz de errado nas lutas, a guarda esquerda relaxada, o jeito como a mão esquerda, se ela não prestar atenção, escorrega para longe e não protege o rosto. Também pensa no que Artemis Victor vai fazer para lhe acertar um golpe. Se Andi Taylor não pensar nisso, a luta vai acabar em poucos segundos. Andi Taylor também precisa pensar no próprio abdome e na distância entre ela e a adversária. Andi Taylor tem que pensar na sua base.

As duas ainda estão sentadas e trocam olhares hostis. Elas se conhecem, mas nunca se enfrentaram dentro do ringue. Quando se entra para essa farsa de associação esportiva que é a confederação de boxe juvenil, você tem que pagar duzentos dólares e ganha uma assinatura "grátis" da revista deles, onde tem um perfil biográfico de cada uma das afiliadas, as jovens boxeadoras, assim você fica sabendo da existência delas mesmo que estejam espalhadas pelo país inteiro, então dá para ter uma ideia de quem são as adversárias, e dá para saber com quem já lutaram e com quem ainda vão lutar e dá para saber até o que elas gostam de fazer no tempo livre porque só deus sabe o tipo de jornalista que trabalha numa revista tão constrangedora, mas deve ser alguém que ache essas informações importantes o suficiente para aparecerem no perfil da atleta, pois toda reportagem traz: nome, cidade, cor favorita, hobby, vitórias e derrotas, foto da menina com as luvas. Nunca dá para saber o que esperar dessas fotos porque tem menina que prefere aparecer com roupa de treino, mas tem umas que preferem aparecer de top frente única, cabelo solto e escovado, cabeça inclinada para o lado, fazendo pose com as luvas apoiadas na cintura.

Andi Taylor reconheceria Artemis Victor em qualquer lugar porque Artemis Victor é a mais nova das três irmãs Victor, uma família de boxeadoras com pais que aparecem em todas as lutas de Artemis usando camisetas com "Victor" estampado, o que, claro, é ridículo, alardear no peito o histórico de vitória das filhas.

Todo mundo conhece as irmãs Victor, todo mundo conhece suas vitórias e derrotas, e os juízes tratam a família de Artemis como velhos amigos, o que, no boxe, é especialmente irritante porque as decisões são sempre meio subjetivas, então se um juiz tem uma relação especial com alguma das participantes é claro que você vai pensar, pronto, vou ser penalizada, agora já era, se pelo menos meu pai e minha mãe tivessem se esforçado pra fazer amizade com meus treinadores, se pelo menos eu tivesse pais que pudessem tirar um dia de folga no trabalho, que não tivessem que trabalhar, que pudessem vir até aqui pra me ver ganhar.

O sr. e a sra. Victor estão sentados em cadeiras dobráveis perto do ringue. Há pouco mais de vinte pessoas no total: juízes, outras pugilistas, um repórter que trabalha para o jornal da cidade, um repórter que trabalha para a revista da Confederação de Boxe Juvenil Feminino, alguns pais e mães, uma avó, os treinadores e Bob, o dono da academia.

Bob também é treinador, mas em geral não treina mulheres. Não torce para nenhuma das atletas. Só aconteceu de sua academia ser o estabelecimento ideal para o torneio. Todos os treinadores são homens e todos os treinadores têm suas próprias academias, e todos os treinadores cobram uma taxa das meninas para, em parte, pagar a Confederação de Boxe Juvenil Feminino, que por sua vez paga os treinadores para abrir as portas de suas academias aos torneios regionais. Alguns já foram boxeadores amadores, mas a maioria nunca competiu no mesmo nível que essas meninas. Os treinadores só participam desses torneios para receber os cheques da confederação. Entre um round e outro, os treinadores de Artemis e Andi até falam com elas, mas só dizem clichês e informações inúteis. Tudo o que ensinaram para as meninas ficou no passado. A linguagem usada pelos treinadores no Bob's Boxing Palace é como o barulho alto do ventilador de teto. Artemis e Andi bem que gostariam de lutar com menos poluição sonora. Qualquer outro barulho que não o estrondo de um golpe é mera distração.

Artemis Victor rotaciona os ombros. Olha para Andi Taylor e pensa: Você é feia. Sou mais bonita e vou acabar com você.

Artemis sempre se compara fisicamente com outras mulheres. Eu sou a mais bonita aqui, pensa. Há uma outra, bem ali, que poderia ser considerada mais bonita, se você gosta de mulher com cara de drogada. Há homens que gostam de mulheres com cara de drogada. Ao imaginar uma versão de si mesma no futuro, Artemis Victor visualiza uma mulher de sucesso numa casa enorme, talvez em Miami, e não uma mulher drogada. Artemis Victor tem um ursinho de pelúcia vestido com uma blusinha que diz "Victor".

"Vai, filha!", berra a sra. Victor.

Artemis Victor sempre acha que vai vencer. E isso não é uma coisa ruim. Pode ser uma arma e tanto, ser capaz de atirar inseguranças janela abaixo. Artemis Victor odeia a irmã mais velha. Há quatro anos, essa irmã venceu a Copa Filhas da América. A irmã do meio ficou com a prata. Mesmo se Artemis vencer isto aqui tudo, vencer todo o torneio e se tornar a melhor do país, a melhor boxeadora dos Estados Unidos na categoria até dezoito anos, ela ainda vai ser a segunda melhor, porque Star Victor, a irmã mais velha, se tornou a melhor antes dela e já está casada, tem um filho e está prestes a ter uma casa própria, prestes a ficar rica, mesmo.

Artemis Victor não faz a menor ideia do que é preciso para comprar uma casa, mas sabe o que é preciso para vencer uma luta, e comprar uma casa é um pouco isso, vencer outras pessoas na disputa por um pedaço de terra e tornar o pedaço de terra seu, algo que você não vai dividir com mais ninguém, porque ser proprietária de uma casa é a consequência da sua vitória sobre outros humanos, já que você ganhou mais dólares do que eles e portanto essa terra é para sempre sua.

Não é que Artemis Victor seja burra. Até poderia virar uma ótima bancária, embora vá acabar trabalhando como distribuidora de vinhos. É só que seu juízo de valor tem um alcance limitado. Ela possui um talento excepcional para decifrar as intenções dos outros, para perceber o que estão pensando por trás das palavras que dizem, para observar como se comportam durante uma conversa, para descobrir se estão ou não interessados nela. Sabe quais dos professores da escola são dignos de pena: aqueles cujos olhos não param quietos, em busca de um par de ouvidos. Sabe como falar de modo que os outros achem que ela quer ouvir o que têm a dizer.

Artemis Victor também é vegana. Ela realmente se sente mal pelos animais. Isso até apareceu no seu perfil na revista da Confederação de Boxe Juvenil Feminino (a CBJF). Artemis Victor adora os animais. Assistiu a um documentário sobre maus-tratos às baleias em parques de diversão e acha que elas devem viver livres.

O árbitro está no meio do ringue elencando todas as regras que as meninas já sabem de cor e falando tudo aquilo que já estão cansadas de ouvir. Elas fazem que sim com a cabeça, se erguem dos banquinhos e começam a dar pequenos saltos. Andi está mais agitada do que Artemis. Artemis segue rumo ao centro, os pés firmes. As duas vestem bermuda de seda e top de ginástica e regata. O elástico da bermuda deixará marcas na pele de ambas, que perdurarão por horas mesmo depois de removida a vestimenta.

Na semana passada, Andi voltou para casa, tirou a bermuda e ficou observando a fileira de fissuras avermelhadas que o elástico deixara em seu abdome. Tocou aquelas incisões. E ficou triste quando, uma hora depois, elas sumiram da pele. Eram como evidências de tudo o que fizera. Andi queria muito ficar com um olho roxo depois de vencer uma luta, só para desfilar por aí e mostrar que lutava, mostrar que o corpo dela fazia algo difícil.

O joelho de Andi Taylor deixa uma abertura e Artemis se movimenta para forçar a adversária a reposicionar a perna abaixo do quadril. São os segundos iniciais — quando a boxeadora estuda a oponente para tentar descobrir algum ponto fraco.

O ponto fraco de Artemis, se é que podemos chamar assim, é o fato de ser herdeira de um legado familiar. As vitórias das irmãs pesam em seus ombros. Não tem como esquecer delas. Este é o torneio no qual Artemis pode se tornar tão boa quanto a irmã mais velha, ou então se consagrar como a pior boxeadora da família. O tipo de legado que se vê na família Victor é mais raro no boxe do que em outros esportes, mas não inédito. O mundo do boxe juvenil feminino é tão pequeno que os Victor podem reinar absolutos.

O joelho de Andi Taylor ainda não está na posição certa. Artemis levanta o lábio superior até a base do nariz, para revelar dentes cobertos pelo protetor bucal vermelho.

Os bíceps de Artemis são puro músculo. Ela consegue dar um soco com mais força do que a maioria das pessoas é capaz de lançar uma bola. Os músculos das costas estão arqueados, formando duas pequenas colinas na base do pescoço. Artemis começa a enxergar um ponto fraco nos movimentos de Andi e acha que pode acertar um golpe. Artemis Victor acha que dá para encostar em Andi Taylor. Bem nesta hora, Andi golpeia as costelas esquerdas de Artemis Victor.

É um soco tão certeiro que ela pontua logo de cara. O placar é berrado em alto e bom som, para todo mundo escutar. Afinal, este é um esporte de bater para pontuar. Não é à toa que as meninas usam capacetes acolchoados que se fecham sob o queixo e protegem orelhas, bochechas e testa. Isto aqui é tiro ao alvo.

Andi avistara o espaço vazio de um túnel entre seu punho direito e as costelas esquerdas de Artemis. Parecia cheio de luz, como se implorasse para ser preenchido por seu punho. Ela encaixara a mão dentro da fresta que ia até o corpo de Artemis, naquele túnel vazio, e continuou a invadir a fresta, de novo e de novo, até que o árbitro precisou intervir.

O árbitro tinha conferido as luvas de Andi antes de lacrar o equipamento nos punhos dela. Para ver se por acaso não havia chumbo escondido ali dentro. É de praxe fazer isso antes de uma luta. Está nas regras da confederação.

Andi adora quando os árbitros conferem suas luvas. Gosta de vê-los enfiar a mão em um buraco onde ela mesma vai enfiar a sua logo em seguida. O fato de checarem todas as vezes a faz se sentir capaz de cometer um assassinato. Adora ver um adulto confirmar que o punho dela pode ser uma arma. Quem sabe ela não colocou uma pedra ali dentro. Quem sabe ela não é mesmo capaz de matar a outra menina. Toda vez que o árbitro confere as luvas é como se dissesse Você é capaz de matar, e Andi se sente bem com isso. A maioria das pessoas em sua vida acha que ela não é capaz de muita coisa, que dirá matar alguém de propósito, e depois do assassinato do menino, cometido por seus olhos distraídos, Andi se pergunta se não seria capaz de matar alguém usando os punhos.

O menino com o calção de caminhõezinhos vermelhos, Andi não estava pensando nele, aquilo nem tinha sido a pior coisa que já acontecera com ela, não fora nem o primeiro cadáver que já tinha visto. Mas tinha sido o menor (o outro fora o do pai dela). O fato de ser tão pequeno era especialmente repugnante. Naquele dia o tempo estava aberto, o ar, seco. Ela não chorou. Mas vomitou quando ficou claro que o menino com o calção de caminhõezinhos vermelhos não tinha mais vida. Ter vomitado a fez se sentir uma criança pequena. Ficou surpresa com a repulsa tão visceral do próprio corpo frente ao menino morto. Foi a coxa dele, minúscula, do tamanho de um salsichão, que a fez vomitar. Andi golpeia Artemis de novo, agora no ombro. Quanto tempo ela ainda tem antes de Artemis Victor revidar?

O Bob's Boxing Palace fora selecionado para sediar a Copa Filhas da América por causa de sua localização central, o fato de ficar vagamente no meio do país, ou, pelo menos, não ficar perto de nenhum litoral, e também porque Bob era irmão do presidente da Confederação de Boxe Juvenil Feminino, a qual cobrava de todas as participantes uma taxa de inscrição no valor de cem dólares para arcar com árbitros, juízes, custos de logística da academia e funcionários da CBJF.

Andi pagara a taxa de inscrição com o salário de salva-vidas, um dinheiro que agora parecia ensanguentado.

Antes da rodada nacional da Copa Filhas da América, com lutas no país inteiro, acontece a etapa classificatória e regional, de modo que a CBJF já coletara taxas de inscrição de mais de mil meninas e tivera um bom lucro, uns cinquenta ou sessenta mil dólares, e Bob embolsou parte dessa grana porque o torneio calhou de acontecer na academia caindo aos pedaços dele.

A diferença entre o corpo de Artemis Victor e o de Andi Taylor está no fato de que Artemis é mais torneada. Os músculos dos braços e das costas se projetam de tal forma que parece haver cabos por baixo da pele. Nos antebraços, as linhas bem-definidas dos tendões vão dos punhos até os cotovelos. Os ombros são largos, algo que fica ainda mais aparente quando ela se espreme num vestido sem alças. Sempre entra no ringue maquiada: rímel à prova d'água e batom vermelho.

Andi é alta e desengonçada. Tem corpo de maratonista. As pessoas sempre dizem que deveria experimentar percursos de longa distância. Ela não quer nem saber.

Artemis Victor usava o arquétipo de um rabo de cavalo. Tem tanto cabelo castanho que um só elástico mal dá conta de segurar. Fora do ringue, ela reparte tudo para o lado ou então faz um coque grande no alto. O cabelo é tão comprido que mesmo com o rabo de cavalo as pontas ainda batem na altura do ombro. Artemis sempre diz que está deixando crescer para cortar tudo e doar para uma menina com câncer, só que quando vai ao salão corta apenas uns dois ou três dedos.

O pessoal que trabalha no salão parece que nunca escuta o que Artemis diz. Não corta muito, ela pede. Eu preciso dele comprido, avisa. Toda vez sai de lá com a sensação de que roubaram um pedaço dela.

O cabelo de Andi Taylor é tão fino que, quando o junta numa trança, a trança fica com o tamanho do seu dedo indicador. Com os fios molhados, adquire um aspecto viscoso. Ela morre de medo de o cabelo começar a cair quando o inverno chega com força. Já aconteceu uma vez, com um fio ou outro, só que Andi tem tão pouco cabelo que pareceu o fim do mundo, como perder algo escasso que nunca recuperaria.

A realidade do corpo das duas não passa batido a Artemis Victor e Andi Taylor, nem às outras meninas no campeonato Filhas da América. O corpo é a única ferramenta de uma boxeadora. Isto aqui não é lacrosse nem tênis. Não há raquetes. As meninas só podem contar com braços e pernas e cabeça com capacete e mãos enluvadas, mas o capacete e as luvas só estão ali como medidas de proteção, para garantir que elas não se matem. Não são imprescindíveis para a prática do esporte, por mais que todas usem luvas e capacete quando treinam em suas respectivas academias. Luvas e capacete são como roupas. Dá para lutar no ringue com ou sem elas, assim como, em teoria, dá para nadar pelada ou com trajes de banho.

Ali dentro do Bob's Boxing Palace, Andi Taylor estuda o corpo de Artemis Victor, e Artemis Victor estuda o corpo de Andi Taylor, ambas tentando descobrir como fazer os punhos chegarem ao rosto da outra. É a primeira luta do torneio, a primeira luta das semifinais. Se você perder, está fora. Não há repescagem no Filhas da América.

Andi avança em direção a Artemis com o pé direito na frente, o esquerdo arrastando logo atrás. É um jogo de pernas pouco elegante e pouco eficiente que cumpre seu propósito, só que sem muito charme. Andi nunca se preocupou muito com o fato de ter uma técnica desajeitada. Ela não sabe que partir para cima da oponente de um jeito desequilibrado pode ter mil consequências. Quando avança assim, acaba deixando o lado direito do corpo muito exposto. Anda como um caranguejo. É um jeito besta de lutar boxe. É estranho. Quer dizer, parece estranho para Artemis. As irmãs dela não lutam desse jeito. Andi perde completamente o equilíbrio e Artemis consegue golpeá-la. A luva encosta no tórax de Andi. O árbitro marca o ponto.

O avanço desajeitado de Andi não foi nada comparado à postura que adotou na hora de se recuperar do golpe. Andi se inclinara na direção do cruzado, o que parecia impossível. Mas na verdade ela fizera uma boa leitura da oponente e, por mais que não tivesse tempo de reagir com o corpo inteiro, pôde desviar, ainda que de leve, e evitar o impacto total do punho de Artemis.

Andi viu, mais que sentiu, a luva de Artemis batendo em seu tórax. Viu o tecido vermelho da luva se movendo logo abaixo dos olhos e entre os ombros. Foi como se pairasse acima de um pedaço vermelho de tecido. Estava em cima de um oceano vermelho. Ela se afastou e tentou avançar outra vez na direção de Artemis.

A diferença entre elas como boxeadoras é ainda maior do que como pessoas. Artemis luta de um jeito elegante e calculado. Andi desfere socos sem pensar duas vezes. As mãos se mexem devagar, mas seguem estranhas trajetórias.

Muita gente de fora do mundo do boxe tende a glorificar a luta desesperada e impetuosa — como se querer muito e ter gosto pela briga possa e deva superar a experiência. Treinador nenhum vai pedir para uma atleta lutar com mais desespero. Controle e prudência valem muito mais do que socos a esmo.

Andi não sabia por que ver o cadáver do menino com o calção de caminhõezinhos vermelhos tinha sido muito pior do que ver o cadáver do pai. Talvez porque o corpo do menino fosse evidência de uma vida não vivida. Talvez também fosse porque Andi achava que tinha matado o menino. Andi tinha matado o menino? Os dois cadáveres foram surpresas óbvias. O pai morrera no sofá, com a televisão ligada. Morava em um apartamento, divorciado da mãe de Andi e sozinho. Quando Andi o encontrou era só ela e a versão morta dele, ela sozinha com o cadáver assim que chegou ao apartamento. Na sua cabeça, permanecia essa imagem dos dois juntos, ela entrando no apartamento e o pai que já perdera a última hora, a sua preferida, da programação a cabo, morto antes que o episódio do dia começasse.

O fato de que as mãos de Andi já tivessem tocado dois cadáveres (e as de Artemis, nenhum) não tinha qualquer importância dentro do ringue, enquanto uma tentava atingir o corpo da outra. Ambas eram meninas que cresceram sendo tratadas como jovens mulheres — fato que criava um laço muito mais forte do que qualquer tragédia familiar (ou testemunhada). Não é que o boxe feminino fosse, ou tivesse sido, ou um dia se tornasse uma ocupação de respeito a ponto de justificar tamanho empenho. Já vinha cobrando seu preço no corpo de Artemis e de Andi. O suor que se acumulava entre a testa e o capacete de Andi era o responsável pela acne que ela escondia com maquiagem. Ficava horrorosa de franja, mas insistia no penteado porque assim escondia as espinhas imensas e internas que nasciam por conta do plástico do capacete. Uma vez passou a mão no rosto depois de usar um dos halteres da academia onde treinava e acabou pegando uma infecção bacteriana, que abriu um buraco do tamanho de uma ervilha na testa dela. Depois de uma semana, a mãe insistiu para que fosse ao médico. O médico teve que aplicar uma injeção extraforte de penicilina e então o buraco começou a formar casquinha, deixando Andi com uma marca no meio da testa que parecia um inseto morto pelas seis semanas seguintes.

Isso para não falar dos ossos que as duas quebraram, sobretudo nos dedos. Artemis e Andi já fraturaram os punhos uma série de vezes, só que Artemis sofreu uma dúzia de fraturas a mais do que Andi, e embora ela ainda não saiba, a verdade é que essas fraturas a mais estouraram o limite da fragilidade da mão humana, de modo que o dano já é permanente. Quando Artemis chegar aos sessenta anos, não vai conseguir segurar uma xícara de chá.

Artemis estará em casa, sozinha, o marido morto há tempos por conta de alguma doença, só ela e as mãos tão arruinadas que até abrir a porta da geladeira vai ser uma tortura. A esta altura, ninguém, nem mesmo a filha dela, vai se lembrar do significado atribuído ao que é ser pugilista. E a parte pugilista de Artemis também já vai ter ficado para trás. Ela terá quatro vidas diferentes depois da Filhas da América e nenhuma delas terá espaço para o boxe, de tal modo que essa lesão, esses punhos infecháveis não serão vistos como cicatrizes de batalha, e sim como um problema de saúde patético e digno de pena.

Na Copa Filhas da América, cada round tem dois minutos de duração. São oito rounds por luta neste torneio. O golpe de Artemis Victor acerta com força o lado esquerdo da cabeça de Andi Taylor, tornando o round ambíguo. Foi o melhor golpe até agora. Soa o gongo, os juízes anunciam a vitória de Artemis Victor e as meninas vão se sentar em seus respectivos cantos do ringue.

Sentadas nos banquinhos, com as pernas escancaradas e os rostos avermelhados, os cérebros de Artemis e Andi giram feito uma turbina eólica. Dentro das duas cabeças a sensação é de água jorrando rio abaixo. As sinapses estão aceleradas. O processamento sensorial, atrasado. Verbos são a única coisa que conseguem escutar.

Os pensamentos de Andi Taylor se movem em baldes de neurônios que sobem da espinha e até o meio das orelhas. Dentro de um dos baldes ela vê o pai, morto, assistindo à televisão. O cadáver absorve os raios azulados do enorme aparelho. Como se ele sorvesse o vazio escondido atrás da tela e como se o azul escoasse para fora do monitor, projetando a transmissão no cadáver.

A cabeça de Artemis Victor está envolta em um rosa opaco enquanto calcula o próximo passo. Artemis Victor é como uma bateria que recarrega. Enquanto descansa, toda a habilidade, todo o treino, toda a genética Victor vão ganhando fôlego. Ela vai começar o próximo round nova, ainda mais forte do que antes. Artemis Victor vai golpear Andi Taylor até vencer.

Pega ela, diz o treinador de Artemis Victor. Acerta ela, diz o treinador de Andi Taylor. Artemis e Andi, assim como todas as outras meninas do campeonato Filhas da América, achariam muito melhor se os treinadores não estivessem aqui, se pudessem lutar sem esses apêndices ridículos e ignorantes. Os treinadores de fato são inúteis, como um irmão mais velho chapado que recebeu dinheiro dos pais para ficar de olho na irmã durante a festa de formatura da escola.

Do lado de fora do ringue estão os dois jornalistas, os demais treinadores, Bob, o sr. e a sra. Victor e as outras meninas que vão lutar mais tarde. Essas outras meninas estão espalhadas pela vasta academia que parece um armazém. Todas em pé, cambaleantes, sem trocar nenhum olhar. Sem trocar nenhuma palavra. Lembram testemunhas que foram isoladas antes de prestar depoimento. Os braços cruzados na frente do corpo. Logo mais estarão dentro do ringue, ainda hoje. São quatro lutas ao longo do dia. Essas outras meninas precisam pensar em como seu primeiro round vai começar e como ele vai terminar.

Na família Victor, as filhas são incentivadas a mentalizar as próprias vitórias. Artemis Victor consegue visualizar a si mesma segurando, com a mão direita, a taça da Copa Filhas da América acima da cabeça. A mão esquerda também está no alto, levantada pelo árbitro. Andi não está na imagem. Sumiu. Evaporou assim que Artemis venceu o último round. Um único raio de luz atravessa a claraboia, iluminando Artemis. Ela abraça a taça e a mostra para os pais. Também consegue visualizar, em meio à multidão, pessoas que de jeito nenhum assistiriam às suas lutas: as meninas da escola, com as quais ela disputa os mesmos meninos, meninos com os quais ela quer ir para a cama, as irmãs mais velhas, que quase nunca vêm assistir a uma luta sua.

Essa vitória imaginada, na frente de pessoas que nunca estariam ali para presenciá-la mesmo que acontecesse, aponta para o fato de que Artemis Victor, tal como Andi Taylor, é antes de tudo uma menina iludida. A torcida que tanto desejam jamais presenciará suas vitórias. E mesmo que acabem entrando para o boxe profissional, trocando socos com mulheres de biquíni no porão de um cassino em Las Vegas, não impressionariam ninguém que não pertencesse ao mundo do pugilismo. Só impressionariam uma às outras: outras mulheres que tentam alcançar alguém com os punhos.

A mãe de Andi nem sequer sabe o que é a Copa Filhas da América. Andi achou que seria complicado demais explicar para o irmão mais novo e para a mãe. Os dois sabem que ela faz aula de boxe na academia e praticamente só treina com meninos, mas não que ela é boa de luta, tão boa que venceu cem meninas da região e foi lutar num estado que ainda não conhecia. Andi está sentada no banquinho de madeira e aguarda o início do segundo round, tão esbaforida que parece uma doida. Ela nunca foi boa em esportes de resistência, apesar de todos sempre dizerem que tinha o corpo certo para esse tipo de coisa.

Ninguém tem como saber se o corpo de uma pessoa é certo para alguma coisa, a menos que esteja dentro desse corpo.

Sentada no banquinho durante o intervalo, Andi enxerga a mãe fazendo um macarrão com queijo para o irmão. Ele tem seis anos de idade. É irmão apenas por parte de mãe. Ele é ok, o irmãozinho.

Há um menino, um adolescente da idade de Andi que também trabalha como salva-vidas na piscina, que Andi quer muito beijar. Gostaria que ele estivesse no meio da plateia do Bob's Boxing Palace. Ela foi bem no último round. Consegue imaginá-lo ali em Reno, tenso na arquibancada. Ele estaria na torcida, fazendo careta pelos golpes passando de raspão, gritando para Andi, dizendo para ela continuar em cima, continuar atacando, continuar socando essa Victor, a mais jovem de todas as irmãs Victor, nas costelas, bem onde fica aquela fresta. Andi vai vencer o próximo round se conseguir encontrar outro vazio. Sentada no banquinho, investiga no ar entre ela e Artemis Victor um ponto em que possa encaixar o punho. Quando se levanta, tem a certeza de que vai encontrar a fresta para golpear Artemis.

A superfície do ringue tem cor de caramelo encardido. As cordas que enlaçam as duas meninas já foram vermelhas, mas ficaram de um rosa desbotado por causa do sol. As paredes do Bob's Boxing Palace são feitas de alumínio. A luz que entra pela claraboia reflete na parede e preenche o espaço inteiro com uma claridade embotada e empoeirada. Nos cantos, há sacos de velocidade e sacos de pancada e pesos para musculação. Há também um armário de vidro com dezenas de cinturões e troféus e taças. Alguns são feitos de metal, mas a maioria é de plástico. Os cinturões enormes parecem acessórios de alguma fantasia esquecida. Não há plaquetas comemorativas. Se houver algum entalhe nos cinturões ou taças, é difícil de ler porque não há iluminação direta sobre eles. Olhando de longe, o armário com os troféus parece mais um contêiner de lixo e brinquedos quebrados. Um dos troféus, grande e feito de plástico, foi pintado com tinta spray em um tom de ouro metálico e agora descama inteiro. As lascas amontoadas na parte inferior do armário lembram confete dourado. O homenzinho de quinze centímetros no topo do troféu, sem camisa e vestindo só uma bermuda e luvas de boxe, está quase todo descascado e sem a tinta amarela. Parece mais um soldadinho de brinquedo, todo acinzentado. Há uma fissura bem no meio da cabeça, provavelmente onde as duas partes do molde de plástico viraram uma só.

Artemis e Andi se posicionam no centro do ringue para começar o segundo round. Dão um rápido toque de luvas.

Andi pensa no menino da piscina pública que ela queria muito beijar, em como ele não está aqui, nunca esteve, nunca vai estar, como naquele dia ensolarado ele a viu vomitar depois que ela puxou das profundezas da piscina a perna de salsichão do menino com o calção de caminhõezinhos vermelhos. Ela vestia um maiô vermelho. Salva-vidas tinham que usar vermelho. Os maiôs das meninas puxavam para o cereja. Os calções dos meninos eram de tecido barato e enrugado, do tipo que se compra num pacote com cinco e desbota bem rápido.

Andi não largava a perninha de salsichão. Pensou que assim o menino não morreria, era só continuar segurando. Os paramédicos perguntaram por que ela não fizera ressuscitação cardiopulmonar. Ela não apertara a barriga dele para tirar a água lá de dentro.

O treinamento de salva-vidas oferecido pela piscina pública acontece em um fim de semana de maio. Os professores, que também eram adolescentes, arremessaram o busto de um boneco na piscina, um homem pela metade, sem braços e com cor de pele branca, e mandaram Andi salvá-lo. Eles nem ensinaram como fazer o boca a boca. Sem contar que a boca do boneco era só uma saliência com lábios de plástico. Não havia nem uma fresta. Onde estava a fresta no ar, aquela que Andi Taylor queria para poder golpear Artemis Victor?

Andi Taylor conhece as regras e sabe que só pode golpear Artemis Victor acima da linha da cintura. Durante o primeiro round, Andi não tivera nenhum sentimento específico em relação a Artemis. Era só um corpo contra o qual ela precisava lutar. Só que agora já se passaram dois minutos e a dificuldade da luta começou a ficar aparente. Andi dirigiu mais de quatro mil quilômetros desde Tampa, Flórida, para chegar aqui. Gastou todo o dinheiro ensanguentado do verão. A mãe mal olha para ela. E aqui está Andi, diante de Artemis Victor. Não tem como Artemis Victor não olhar para ela. Andi vai fazer Artemis olhar para ela, e na próxima vez que Andi encara Artemis, começa a odiá-la.

Andi acha ridículo usar gloss, o jeito como deixa os lábios com uma aparência meio suada e molhada, e de repente é tomada pela certeza de que Artemis tem uma montanha de gloss, um monte de tubinhos melequentos na mochila. Que coisa ridícula lambuzar os lábios com um treco assim.

Andi tentou encontrar de novo o vazio, aquela fresta que usara para golpear Artemis, mas ela não estava lá. Entre um round e outro, Artemis corrigira a postura de combate. Agora fazia a guarda das costelas esquerdas com cuidado. O corpo de Artemis era uma muralha. Atingi-la era quase impossível, com suas mãos ao alto, próximas às bochechas, os ombros inclinados e o abdome rijo e encurvado. Artemis treina duas horas e meia por dia, antes e depois da escola. Diante de um espelho, aperfeiçoa o jogo de pernas e a postura. Faz isso desde nova, quando tinha a metade da altura atual. Observava as irmãs observando o próprio reflexo no espelho da academia. Artemis observava as irmãs desde pequena. Via como conseguiam fazer ajustes mínimos no alinhamento do tórax em relação ao quadril, o modo como corrigiam a postura depois de jogar todo o peso do corpo em uma direção para fazer o golpe entrar. Artemis e as irmãs tinham cinco anos de diferença cada. Como três bonecas russas em ordem crescente. Como se pudessem caber uma dentro da outra.

Artemis odeia Andi, essa garota cheia de espinhas vinda sabe-se lá de qual parte quente do país. Artemis decidiu que, depois de derrotá-la, vai ver se não podem se tornar amigas. Gostava de ficar amiga de outras boxeadoras, ainda mais das que derrotava, porque assim já sabiam como ela era boa, como a família dela sempre vencia. Afinal de contas, Artemis era a Victor vitoriosa, ou melhor, vai ser, assim que seus punhos acertarem as orelhas de Andi Taylor.

E aí ela aparece, a luva de Artemis bem no meio dos olhos de Andi Taylor. O nariz de Andi cheio de sangue. O nariz de Andi parecendo feito de flocos de milho. Andi balança os braços que nem uma idiota e Artemis mantém um jogo de pernas lateral gracioso, afastando-se do ponto do ringue onde Andi tenta golpeá-la sem sucesso. Andi parece bêbada. Por descuido, Andi matara o menino com o calção de caminhõezinhos vermelhos na piscina pública apinhada de gente. Onde estava a mãe da criança na hora da morte? Onde estava a babá quando a perninha de salsichão passou da vida para a morte?

É impossível conversar com um protetor bucal em volta dos dentes. É preciso cuspi-lo para falar, o que é contra as regras porque a luta precisa ser interrompida na hora e quem cospe perde o round. Ainda assim, Artemis e Andi imaginam como seria uma conversa entre elas. Uma imagina o que a outra diria, e também as respostas que dariam à interlocutora imaginária, de modo que duas conversas diferentes flutuam acima da cabeça de Andi e Artemis ao mesmo tempo. Uma das conversas é a de Andi, que imagina Andi e Artemis batendo papo. E a outra é a de Artemis, que imagina Artemis e Andi jogando conversa fora. Essas conversas pairam em cima das duas cabeças, como historinhas de video game que aparecem em balões de texto no meio na tela.

Daqui a muitas décadas, Andi Taylor não vai se lembrar dessa conversa imaginária nem da existência de Artemis Victor. Mas vai, isso sim, se lembrar do torneio: como passou quatro dias inteiros dirigindo para chegar lá e precisou dormir dentro do carro, como a academia onde lutou era tosca e empoeirada, como os juízes estavam sentados na lateral do ringue, só esperando que ela tocasse o corpo da oponente e vice-versa, e como pareciam uns fantasmas silenciosos e inertes. Eram três juízes. Homens de meia-idade. Vestiam branco da cabeça aos pés. Até os tênis brancos assombravam Andi. Eram quase carecas e tinham barrigas salientes que pulavam para fora das calças brancas. Depois da sua luta, ela viu os juízes observando as outras meninas lutarem. Ficou enojada.

Andi também vai se lembrar da fresta através da qual atingiu as costelas de uma outra menina, só que não vai se lembrar de quem eram as costelas. Artemis será uma existência esquecida. Andi não vai se lembrar do rosto dela, nem do nome, nem do fato de que Artemis era herdeira de todo um legado, parte de uma família de irmãs boxeadoras que eram verdadeiros prodígios, ou que lera várias reportagens sobre as irmãs Victor que saíam na revista da CBJF e que, para sua vergonha, tivera até uma foto da Victor mais velha, a Star Victor, colada na parede sobre sua cama, e isso bem antes de Andi lutar contra a versão mais nova da Victor mais velha. Quando colou a foto na parede, não fazia ideia de que um dia sua cabeça ficaria cheia de ódio contra as irmãs Victor, nem que imaginaria uma conversa inteira com a Victor mais nova, a qual mais tarde viria a esquecer por completo.

Portanto, daqui a muitas décadas, o boxe será para Andi um tipo de marcador identitário que não deu muito certo — uma coisa que experimentou por um tempo até perceber que não era bem sua praia, ou que não combinava bem com o resto da sua vida, ou que ela como boxeadora não se encaixava no papel que o mundo precisava que ela ocupasse a fim de sobreviver.

Não que Andi tenha acabado miserável, debaixo da ponte, suplicando por água. Ela vai se tornar farmacêutica. Não vai para a faculdade assim que terminar a escola, mas depois de um tempo passará a frequentar a escola técnica e se dará conta de que só quer uma vida tranquila, sem ninguém partindo para cima dela e sem ninguém morrendo perto dela. Vai se recusar a ser ela a encontrar o cadáver da mãe. O meio-irmão já vai ter idade suficiente para se incumbir dessa tarefa. A única coisa que Andi quer é dinheiro para comprar um apartamento, o que não é tarefa fácil em nenhum canto do país, e por esse motivo vai escalar a pirâmide do ensino médio até alcançar o curso técnico em farmácia, e ali vai pensar: Quer saber, acho que dá pra viver assim. Eu não me incomodo de trabalhar num lugar sem janelas. Essas luzes fluorescentes fortes e esses jalecos brancos combinam comigo. Vou me sair bem nesse trabalho. Sempre fui muito detalhista.

Andi Taylor de fato sempre foi muito detalhista, quando os detalhes estão no papel. Os detalhes do próprio corpo, por outro lado, passam quase despercebidos. Ela nunca se enxergou do mesmo jeito que as outras pessoas a enxergam. Suas roupas são péssimas. Usa calças jeans que já saíram de moda, com boca de sino e cintura baixa. Para não falar da franja, pois, sim, ela ainda usa franja e o corte ainda fica meio estranho nela. Diferente de Artemis Victor, Andi Taylor não fica se olhando tanto no espelho. Diferente de Artemis Victor, Andi Taylor não ficava se olhando tanto no espelho na época em que as duas competiam no campeonato Filhas da América, e mesmo agora, depois de tantas décadas, Andi Taylor ainda não é muito boa nessa coisa de se enxergar no espelho, em corrigir aquilo que consegue ver para criar o que quer exibir ao mundo.

Olhar-se no espelho era algo crucial nos treinos das irmãs Victor. Artemis tinha dezesseis anos quando começou a treinar com o saco de velocidade na frente do próprio reflexo, por ordem do pai. Primeiro olhava para si mesma, de corpo inteiro. Deixava os olhos correrem de um lado a outro, entre o que estava fazendo com o equipamento e o que conseguia ver no reflexo. Passou tanto tempo olhando para o próprio corpo que seu passo se tornou mais firme, a coluna, mais ereta. A prática fez milagres para sua postura. Ela sabe fazer ajustes microscópicos na posição dos ombros, sem a ajuda de ninguém. Consegue sentir quando o corpo está na posição adequada e quando não está, e é por isso que agora, neste exato instante dentro do ringue do Bob's Boxing Palace e mesmo sem um espelho à vista, Artemis Victor consegue enxergar o próprio corpo dos mais diversos ângulos, observar a si mesma de cima, de baixo, de trás. Seu corpo é um instrumento muito bem afinado. Artemis Victor nunca terá tanto controle sobre qualquer coisa quanto tem sobre o próprio corpo neste momento. Seus músculos são máquinas. E essas máquinas estão prestes a abocanhar Andi Taylor. Mais um pouco e vão acabar com ela.

Andi olha para a adversária com pavor. Já percebeu que Artemis está se movendo de um jeito diferente. O sangue continua a pingar pelo nariz de Andi. Escorre para dentro da boca. Agarra-se ao lábio superior, naquela mossa bem ao centro, logo abaixo do nariz. Quando o round terminar, para estancar o sangramento Andi terá que enfiar dentro da narina uma bolota de algodão embebida em adrenalina sintética, quase a mesma coisa que vem dentro de uma caneta de epinefrina.

O menino com o calção de caminhõezinhos vermelhos estava todo azul quando Andi o tirou da piscina, mas ela não sabia por quê. Começa a pensar naquela brincadeira em que as crianças mergulham no fundo da piscina para buscar argolas. As regras são mais ou menos assim: o líder da brincadeira segura um punhado de argolas que afundam na água. Há argolas de várias cores. Às vezes vêm com números. Em geral são cinco ou seis delas. Muitas têm pequenos conectores brancos, com pouco mais de dois centímetros, que indicam o ponto de encontro entre o início e o fim de cada argola. O líder fica na beirada da piscina, de costas para a água, com todas as argolas em uma mão. Ele conta até dez e então joga tudo na água, por cima da cabeça. Em seguida, o grupo todo mergulha atrás delas. Ganha quem conseguir pegar o maior número de argolas.

Artemis Victor não tem a menor dúvida de que vai vencer Andi Taylor. Artemis acerta outro soco no nariz de Andi, e o round acaba.

Começa mais um round e as duas continuam a se rodear.

Os poucos golpes que Andi consegue acertar se devem ao seu jeito esquisito de usar os ombros, e porque Artemis não está familiarizada com esse jeito esquisito. Mas esse jeito estranho com os ombros é também uma espécie de muleta, uma base deformada que deixa imensas brechas para possíveis golpes. Com frequência Andi deixa todo o seu lado esquerdo desguarnecido por causa dessa base desequilibrada, desajeitada.

Como as lutas do campeonato Filhas da América possuem oito rounds, a possibilidade de empate é real. Até mesmo os números podem pregar esse tipo de peça. Há também aquele momento em que a virada deixa de ser possível, tal como acontece no tênis. Se Artemis vencer cinco rounds seguidos, a adversária não terá qualquer chance de vitória.

Na hora de pontuar golpes, os juízes levam em conta o local do corpo que foi atingido. Golpes nos ombros, no abdome, nas costelas, nos braços, nas orelhas e na cara recebem pontuações diferentes de acordo com o que se sabe sobre o impacto que um soco dado a mãos nuas, sem luva de proteção, causaria em cada um desses pontos. A orelha, por exemplo: você precisa da orelha não só para ouvir, mas também para manter o equilíbrio. Sem o tímpano, você ficaria com um enjoo horroroso, seu corpo não sabendo se está em terra firme, em alto-mar ou pendurado de cabeça para baixo por uma corda amarrada nos pés. Nas lutas da Filhas da América, um golpe na orelha leva a pontuação mais alta porque dar um soco sem luva na orelha de uma pessoa é o jeito mais rápido de matar alguém. O outro é quebrar o pescoço, o que pode acontecer se você o socar forte o bastante e de frente.

Artemis acerta dois golpes na orelha de Andi Taylor, dois minutos se passam e o terceiro round chega ao fim. Aqueles primeiros socos que Andi conseguiu encaixar no vazio das costelas de Artemis foram esquecidos e se tornaram irrelevantes depois de tantos minutos. Todos aqueles golpes em sequência não importam mais. Até porque Andi perdeu aquele round. O nariz, um montinho de flocos de milho, segue gotejando devagar. A cabeça parece meio esvaziada depois de ter sido atingida pela luva de Artemis. Andi não quer perder a luta. Quer entrar no ringue com a menina que vencer a outra luta da chave. Quer mais uma luta, precisa de mais uma luta, porque assim vai poder prolongar a imagem do irmão caçula e da mãe na torcida. Precisa dos aplausos imaginários. Quer assistir às próprias fantasias.

Vencendo ou não esta luta, Andi vai dormir no carro esta noite. A maioria das meninas está hospedada em um hotel barato com piscina e café da manhã continental sem graça, mas Andi gastou todo o dinheiro ensanguentado para pagar a gasolina até Reno e a taxa de inscrição no torneio. Hoje à noite, quando estiver sozinha dentro do carro, não vai pensar na perninha de salsichão ou em como a luz azul da TV atingia o cadáver do pai de modo que parecia que o azul o abraçava, ou saía de dentro dele, vazando pelos poros. Era um azul-escuro, de fundo do mar, e metálico. O que Andi sentira pelo pai não era tanto um amor, mas sim uma necessidade. Para ela, era necessário ter alguém por perto para lhe dizer que era uma pessoa de carne e osso, e que podia até não ser especial, mas que era ok assim.

Quando Andi olhar para trás e relembrar esta época, as lembranças do torneio vão esvanecer, mas o menino com o calção de caminhõezinhos vermelhos a acompanhará até o fim de seus dias. Ela nunca vai ter certeza absoluta de que não o matou. Passará o resto da vida enxergando o corpo azulado no fundo de qualquer piscina, e por isso deixará o emprego de salva-vidas e por isso também, daqui a um ano, vai perder a vontade de beijar a boca do garoto salva-vidas, porque ele também estava lá, com o menino com o calção de caminhõezinhos vermelhos. O garoto que ela queria beijar a tinha visto vomitar, se esvaziar da comida e da água e da maçã que comera momentos antes do afogamento. Os nacos que saíram no vômito eram vermelhos e cintilantes, pareciam pedacinhos de plástico vermelho. Na hora, ela estava comendo a maçã com os olhos voltados para um ponto além da piscina, além do telhado da barraquinha de lanches. Estava empoleirada no ponto de observação dos salva-vidas. Para chegar lá em cima, era preciso ficar de costas para a piscina e subir uma escada. No topo havia uma cadeira de plástico branco com braços e uma boia salva-vidas vermelha que

Andi deixava no colo e arrodeava os ombros. Em caso de afogamento, o protocolo mandava atirar a boia na piscina, para a pessoa se agarrar. Alguém, uma mãe que não era a mãe do menino com o calção de caminhõezinhos vermelhos, berrou: Tem uma criança se afogando! E lá foi Andi para dentro da água, depois para fora, segurando nas mãos aquele salsichão azul de revirar o estômago.

Para deixar claro o que está em jogo aqui: se Andi perder a luta, não só estará fora do torneio, mas também nunca mais entrará em um ringue de boxe. Se ela perder a luta, isto aqui, esta coisa de golpear outras meninas com os próprios punhos, vai acabar, vai ser página virada, vai fazer parte de uma época da vida dela que ficou no passado, uma experiência que foi vivida e deixada para trás.

Andi Taylor e Artemis Victor estão cara a cara. Andi Taylor faz pequenos movimentos circulares com os punhos. Golpeia o ar várias vezes como se quisesse sentir a temperatura. Ela golpeia Artemis, não com toda a força, mas delicadamente, em partes diferentes do corpo, tentando descobrir o ponto onde o golpe vai derrubá-la. Trabalha a combinação jab-direto, uma técnica de dois golpes, o primeiro faz a adversária tombar para um lado bem na hora em que o segundo golpe, o golpe de verdade, chega com força enquanto o corpo já está indo na direção do punho. Uma combinação dessas, se acertar o queixo de alguém, pode matar. É por isso que o queixo das meninas fica escondido para baixo, num ângulo que faz lembrar o queixo dos linguados. Andi e Artemis querem deixar à mostra apenas esse ângulo achatado e protegido.

Enquanto faz círculos com os punhos e busca a aproximação, Andi se dá conta de que, sempre que Artemis é golpeada no ombro direito, o resto do corpo faz um leve movimento para a esquerda e para baixo. É uma reação até que boa para evitar um golpe, mas se Andi atingir o lado esquerdo da cabeça dela quando o corpo estiver pendendo para a mesma direção talvez consiga acertar um, ou dois ou quem sabe até três, e aí ela consegue, vai conseguindo, usa a mão esquerda para golpear o ombro direito de Artemis e desce a mão direita com tudo para conectar o golpe no lado esquerdo da cabeça. Como se marretasse um prego na tábua, só que com a mão direita. Andi golpeia a cabeça de Artemis duas, três, quatro vezes, até que o árbitro se põe entre elas e o round chega ao fim e o placar fica um pouquinho mais equilibrado, 3-1. Se Andi continuar com os punhos em círculos, talvez consiga sair do aperto. Ela sabe que consegue uma virada. Ganhar de virada seria melhor do que ganhar logo de cara. Artemis está sentada no banquinho, se recuperando. Andi fica de pé, percorre a lateral do ringue, bate uma luva na outra, tudo para deixar o corpo aquecido e pronto para voltar e acertar Artemis Victor.

Os pais de Artemis berram com os juízes esbranquiçados e fantasmagóricos, como deixaram quatro golpes assim um atrás do outro, é muito perigoso, boxe é perigoso, eles não sabem que uma pessoa pode morrer com um golpe daqueles? A sra. Victor está especialmente enraivecida. Esguicha palavras em cima de todo mundo ali perto.

Artemis está sentada no banquinho, o rosto tão vermelho quanto os lábios besuntados com batom de longa duração. O rímel à prova d'água borrou, dando a impressão de que o olho está começando a ficar roxo. O tórax ofegante sobe e desce sem parar, sugando imensas golfadas de ar e então liberando esse ar pelo nariz, oxigenando as células da cabeça. Os tendões estão cansados e a cabeça não está muito legal, a sensação é de que embrulharam a cabeça em uma sacola plástica e puxaram a sacola rápido demais. Ela sente a cabeça pegando fogo. Sente como se o vento estivesse muito forte, soprando bem contra ela, quase como se existisse um tubo de ar apontado para sua cara, embora seja apenas o movimento corriqueiro do ar dentro do prédio.

Pela primeira vez na vida, Artemis se dá conta de que pode ser um fracasso. A fúria toma conta dela. Artemis Victor é uma vencedora — e essa menina patética à sua frente no ringue a está fazendo passar vergonha.

Artemis observa o quadril estreito de Andi e o resto do seu corpo, aquele estranho emaranhado de altura e magreza. Andi não consegue nem se equilibrar. Até a respiração dela é meio errada, um lado começando a inflar antes do outro de forma que o movimento do peito parece o movimento de um acordeão, o ar se revezando para entrar por um lado e sair pelo outro.

Artemis observa o cabelo medonho de Andi, aquela existência ínfima, quebradiça, cheia de pontas duplas. E pensa a coisa mais maldosa que é capaz de articular: Você não é ninguém. Ninguém vai lembrar que você existiu. Você vai morrer e aí vai ficar sozinha e vão esquecer quem você era e ninguém vai ter que fingir que um dia você foi gente, ninguém vai precisar fingir que a sua existência importa porque seu corpo vai ter apodrecido, vai ter sumido, e ninguém vai precisar dizer que você é uma pessoa de verdade.

O quinto round começa e Artemis parte para cima de Andi Taylor, esmurra várias vezes o tórax da adversária. O corpo de Andi agora é um objeto para ela, uma coisa a ser aniquilada e derrotada. Na cabeça de Artemis, ela dobra o corpo de Andi no formato de um cubo. Dobra as pernas até os pés encostarem na testa. Depois, dobra o corpo mais uma vez, pelo quadril, os pés encostando na testa e a testa encostando no quadril. Artemis se senta em cima da Andi transformada em cubo, o corpo de adolescente espremido para caber naquele cubo de brinquedo, e Artemis pressiona por todos os cantos, vai esculpindo feito uma carpinteira, até que o cubo diminui, ficando tão pequeno que ela consegue segurar a Andi que agora é cubo na palma da mão.

Artemis é o tipo de pessoa que nutre desejos tão intensos que eles nunca vão embora. Se Artemis quer alguma coisa, ela faz, ela vai fazer, ela fará de tudo e mais um pouco para tê-la em mãos. Artemis quer vencer esta luta e não só por causa do legado de família. Acredita que, se vencer, se de alguma maneira conseguir superar a irmã mais velha e se tornar a mais lendária, a mais brutal, a mais bela das três irmãs Victor, se conseguir tudo isso, então uma porta secreta vai se abrir, uma porta que dá para o mundo, para longe da família, para longe da mãe, para um lugar onde Artemis tem poder sem a presença da família e esse poder é maior do que todos os outros tipos de poder que já experimentou.

Os pais de Artemis são parte da sua identidade. Tanto que ela tem o ursinho de pelúcia com a blusinha estampada que diz "Victor". Só que Artemis se ressente dessa identidade, ou melhor dizendo, quer algo mais poderoso para controlar sozinha, algo para construir e admirar e possuir. E a verdade é que o real poder da família Victor é extremamente limitado. Só existe em pequenos círculos, nas pouquíssimas academias de boxe juvenil feminino que ainda seguem em atividade. Nesses locais o sobrenome é lendário, mas de resto — na franquia de restaurante que opera na cidade, na loja de departamentos, na reunião de pais e professores, na imobiliária onde o sr. Victor trabalha — a família não é digna de nota. O desempenho do sr.

Victor no emprego já foi muito melhor. Ele e a esposa tiveram que hipotecar duas vezes a casa onde moram, localizada num bairro afastado e sem grandes atrativos. Não têm bichos de estimação porque cuidar de bicho dá trabalho e custa dinheiro.

Soa o gongo e Artemis Victor vem rápido na direção de Andi Taylor. Ela avança de um jeito pomposo e acelerado. O corpo de Artemis é maciço, feito um trator que segue numa velocidade constante de quinze quilômetros por hora. Parece impossível que todo esse ímpeto possa ser interrompido. É então que o corpo de Artemis Victor entra em colisão com o de Andi Taylor. Tudo indica que Artemis vai atropelá-la, esmagá-la até Andi virar uma panqueca tão fina que teria que ser desgrudada do asfalto. Andi de fato cede, mas se recupera cambaleando para o lado. A mão esquerda consegue segurar o resto do corpo e é com ela que Andi se sustenta, sem que fique exposta, de barriga para cima. Assim, ela gira e se põe de pé.

Andi é invadida por um pavor monstruoso. Como deixou uma investida dessas acontecer? Como deixou a outra passar por cima dela feito um trator? Sente que o ar ao redor sumiu, ou então afinou, ou então está rarefeito. Está fraca, não consegue enxergar direito. Os olhos não funcionam como precisam funcionar. E a cabeça parece estar recheada com massa de torta crua.

Neste momento, Andi parece uma criança. Alguma coisa na pele, no jeito como repuxa ao redor dos olhos, deixa transparecer sua idade real, seus dezessete anos. Para todos os efeitos, ela e Artemis ainda são crianças, que não podem se alistar no Exército nem consumir bebida alcoólica nem fazer um aborto sem a assinatura de um responsável, pelo menos na maioria dos cinquenta estados do país. E, no entanto, este esporte que elas praticam, esta simulação de assassinato, obriga as duas a se enxergarem não mais como crianças e sim como jovens humanas, que podem controlar o próprio destino e as próprias vitórias.

Não dá para praticar um esporte sem acreditar que é possível controlar o próprio destino. O objetivo do treinamento é justamente alterar o futuro. Você treina para mudar algo que de outra maneira perderia.

Artemis Victor tem mais horas de treino do que Andi Taylor, disso não há dúvidas. Artemis está nessa há mais tempo. Vem aperfeiçoando sua forma há mais tempo. Artemis treina mais horas numa semana que Andi num mês inteiro.

Andi Taylor pensa em tudo que já perdeu ao longo da vida. Pensa no pai e como ele fazia troça com os braços compridos dela. Dizia que eram tentáculos porque estavam sempre esticados em busca de um docinho, ou da perna dele, ou de alguém para levantar do chão seu corpo pequeno e agarrá-lo.

Andi pensa na mãe, que não presta muita atenção nela, que tem prestado muito pouca atenção nela desde que o meio-irmão veio ao mundo. Ela sabe que a mãe ama mais o meio-irmão porque o amor da mãe pelo pai do menino nem se compara ao amor que um dia sentiu pelo pai de Andi. A mãe dizia que o pai de Andi fazia coisas más, por isso ela sempre achou que talvez carregasse essa maldade consigo, ainda que não soubesse ao certo em que consistia. Quando o pai de Andi virou um cadáver azulado, ela achou que talvez tivesse sido responsável por deixá-lo azulado daquele jeito, ou que talvez a responsável fosse a maldade sobre a qual a mãe tanto falava, ou então que a própria Andi era azulada, ou logo se tornaria azulada, pois a maldade que habitara o pai estava também dentro dela. A perna do menino com o calção de caminhõezinhos vermelhos tinha ficado tão azulada, como se todo o sangue dentro dele tivesse buscado desesperadamente por oxigênio. Na cabeça de Andi, todas as células sanguíneas do menino tinham saído atrás de ar em qualquer ponto do corpo, pilhando os pulmões, o coração, os dedos dos pés, as bochechas. Ela perdera o menino com o calção de caminhõezinhos vermelhos. Chegara a vê-lo, vivo, do outro lado da piscina, prestes a mergulhar para pegar uma das argolas. Os óculos de natação pendurados no pescoço pareciam quebrados, sem utilidade. Uma das lentes estava quebrada. Ele tinha um sorriso no rosto, berrava alguma coisa. Seu vocabulário cabia num potinho de marmita. Andi imaginou todas as palavras que o menino com o calção de caminhõezinhos vermelhos conhecia, enfileiradas dentro da lancheira feita pela mãe ausente, que a babá esquecera em casa. A babá precisaria comprar um almoço lá na barraquinha de lanches.

Como Andi perdeu o menino de vista? Agora ela observava Artemis. Só tinha olhos para Artemis. Bob's Boxing Palace, os juízes fantasmagóricos, as paredes de alumínio e as meninas ao redor do ringue de cordas cor-de-rosa, tudo isso sumiu de vista, saiu por completo do seu campo de visão, e dessa forma Artemis é tudo o que Andi consegue enxergar, o olho borrado de preto, o cabelo cheio de volume e as coxas enormes e robustas, mais rijas do que qualquer pedaço de pedra que Andi já vira.

Andi Taylor se tornará farmacêutica. Terá dinheiro suficiente para comprar um imóvel só seu. Nunca será tão amada quanto a mãe amou seu meio-irmão, o que a deixará desesperada e obstinada pelo resto da vida. Se desespero bastasse para vencer no ringue, Andi deixaria as outras meninas comendo poeira.

Neste round, Artemis Victor acerta tantos golpes na orelha e na cabeça e no nariz e no ombro de Andi Taylor que consegue contabilizar a vitória por cinco pontos. Soa o gongo e o placar está 5-1, o que termina a luta. Não há necessidade de levá-la adiante. Artemis Victor vence Andi Taylor, um resultado que parecia óbvio desde o início para todo mundo exceto para Andi Taylor. Há um motivo para chamar alguém de azarão.

O corpo de Andi Taylor parece não exatamente cansado, mas transformado em polpa. Andi pensa em como, se você descascar uma toranja com cuidado, a polpa contém pacotinhos de suco. Você pode estourá-los se apertar de leve entre os dedos. A cabeça de Andy parece uma toranja toda estourada. Por que ninguém se importou o bastante para colocá-la em um recipiente protetor? Quem sabe uma caixa, ou uma lancheira de viagem? Como Andi Taylor veio parar aqui, na cidade de Reno, no estado de Nevada, disputando com outras meninas o direito de levantar uma taça de plástico? Como Andi Taylor acabou tão sozinha, tão derrotada e reduzida a polpa?

Rachel Doricko
vs.
Kate Heffer

"Talvez o futuro não seja como o passado", foi o que Rachel Doricko disse certa vez, para ninguém em especial. Rachel Doricko vira Artemis Victor aniquilar Andi Taylor. Assistira a tudo de pé, num canto, com os braços cruzados. Ficara com a impressão de que havia algum tipo de declive bem no meio do ringue, mas aí entrou lá para enfrentar Kate Heffer, e agora, sentada no banquinho do corner com as mãos enluvadas, as pernas escancaradas, Rachel começa a achar que o centro do ringue é um montículo que poderia ter um milhão de insetos no interior e explodir se alguém fizesse um furo.

"Eu sou uma fornalha", ela declara tão alto que até as pessoas fora do ringue conseguem escutá-la. O protetor bucal está na mão direita. Ela golpeia a parte superior da coxa com o punho, e dentro dele aperta o protetor bucal.

Rachel tinha uma teoria sobre outros seres humanos: o maior medo das pessoas são as coisas que não fazem o menor sentido para elas mas que mesmo assim não podem evitar, por mais que tentem. Era por isso que Rachel tentava levar a vida do jeito mais assustador possível, vestindo-se feito um homem e um animal. Ela tinha um quepe feito com pele de guaxinim, ao estilo Daniel Boone, que usava em todo lugar e sempre causava o efeito desejado. É incrível o poder que você ganha só de usar um chapéu esquisito.

E a lógica do chapéu esquisito funcionaria perfeitamente com Kate Heffer. Ela com certeza ficaria desconcertada ao ver um chapéu esquisito. Rachel Doricko queria muito colocar o quepe agora, com a cauda do guaxinim virada para a frente para poder mastigar o couro apodrecido e esfarrapado sem desviar os olhos da adversária, que está na diagonal oposta da pequena extensão do ringue.

Rachel põe o protetor bucal e bate os punhos contra o capacete. Kate Heffer observa a academia e as outras meninas ali dentro, e também os árbitros, os treinadores e os juízes com as panças patéticas, e um ou outro pai ou mãe que batem palmas por algum motivo, ou sem motivo, aplaudindo, parece, o simples fato de que as adolescentes que participam do campeonato têm corpo e usam esse corpo para realizar certas coisas, qualquer coisa, na verdade, o que inclui o boxe, algo que, para a maioria dos pais, parece só uma coincidência curiosa.

As primeiras horas da manhã ficaram para trás e todo mundo já chegara àquele momento do dia em que está mais acordado do que com cara de sono, e parecia que a claridade dentro da academia ficava cada vez mais forte, como se ali em Reno o sol tivesse acabado de nascer e isso fosse só o começo.

Rachel Doricko e Kate Heffer eram muito diferentes, e não só de corpo. Cada uma percebia a passagem do tempo e entendia a importância da própria vida de jeitos radicalmente diferentes.

Rachel Doricko era uma filha entre vários outros filhos, carregava a crença sincera de que não faria contribuições significativas ao mundo e que, para o bem ou para o mal, o tempo continuaria seguindo em frente de acordo com gradações arbitrárias, e essa era a única coisa que ela sabia que importava e de que ela tinha certeza.

Kate Heffer, por sua vez, encarava a própria vida e tudo que se colocava diante dela, e permitia que o tempo e os acontecimentos a cercassem, ou seja, as coisas aconteciam apenas para que ela pudesse atravessá-las, deixar sua marca e depois seguir em frente. Para Kate, o tempo existia só para que ela pudesse ocupar um lugar dentro dele. Gostava de estabelecer metas. Fazia listas minuciosas e montava pastas extremamente organizadas. No futuro, trabalhará na área de eventos, organizará vinte casamentos por verão e ficará exultante por ter curvado o tempo à sua vontade, orquestrado um evento que então aconteceu de fato.

É por isso que esta luta será uma série de eventos infelizes para Kate, de coisas que ela achava que conseguia controlar mas que se rebelarão contra ela. Rachel Doricko absorverá todos os seus movimentos, um golpe de cada vez, e em seguida cuspirá tudo de volta, só que de um jeito mais articulado e aperfeiçoado.

Rachel Doricko contará a luta em momentos, em pedaços de tempo que, em retrospecto, encerrado o embate, ganharão ares de importância, enquanto Kate vai se agarrar ao sistema de pontos que já conhece. Round após round, Kate vai contar e somar os pontos.

Para Rachel, portanto, a luta começa da seguinte forma: elas estão em um lugar. O lugar parece um armazém, mas alguém decidiu chamá-lo de palácio. Todos em seu campo de visão têm cara de conformistas. Pessoas de braços cruzados e isoladas umas das outras, anônimas e solitárias. Estão lá embaixo, menores do que Rachel, não no nível do ringue e sim longe dos refletores que iluminam a luta e de qualquer coisa importante que está prestes a acontecer.

Três, um, quatro, conta Kate Heffer. Kate Heffer conta, um, cinco, nove, dois, seis, cinco. Está contando os algarismos usados para identificar a razão entre o perímetro e o diâmetro de uma circunferência. A previsibilidade dos números ajuda Kate. Ela teve que memorizar os primeiros cinquenta dígitos de pi para aumentar a nota na escola. A memorização, com sua monotonia sempre constante, transformou-se em fonte de conforto e em um hábito.

A filosofia de Rachel Doricko, do chapéu esquisito, funciona incrivelmente bem. Sempre que um golpe entra e o ponto é marcado, ela faz os lábios vibrarem como uma cantora de ópera se aquecendo. O barulho do ar durante o estalo contínuo dos lábios, saindo da boca de Rachel e penetrando o ringue, é assustador. Entre um round e outro, ela leva o antebraço até a boca e sopra. Quando o ar escapa pelas frestas entre o antebraço e o rosto, faz um som de elefante.

Kate Heffer parece horrorizada. Alguns tufos de cabelo escaparam do capacete e estão colados no rosto. Três, cinco, oito, nove, conta Kate Heffer. Kate Heffer conta, Sete, nove, três, dois, três, oito.

Na cabeça de Rachel Doricko, os oito rounds são organizados em imagens, uma cesta de objetos para se lembrar da luta. Ela usa imagens como outras pessoas usariam dispositivos mnemônicos. Rachel se lembrará dos altos e baixos da luta, dos momentos em que ela e a adversária ficaram empatadas e dos momentos em que ela dominou por completo, e fará isso de acordo com a ordem das imagens que lhe virão à mente quando repassar a história de como venceu. Aprendeu a fazer isso com o tio. Ele dizia que era mais fácil lembrar de imagens do que lembrar de palavras e era por isso que, sempre que Rachel vivesse algo que soubesse ser muito importante, devia se agarrar com unhas e dentes à coisa mais extraordinária que visse, instante a instante, e só então guardar todas essas coisas em suas recordações do dia. Ela precisa memorizar objetos específicos do momento, que assim se transformarão em janelas que poderá abrir sempre que quiser resgatar a memória completa da luta.

No futuro, a mente de Rachel elencará as seguintes frases para se recordar desta luta:

CHAPÉU DE PLÁSTICO
CEM DÓLARES
PERFEITAS GRADAÇÕES
BOM MENINO
BOM CÃO
ACUMULADORA DE CENTAVOS
BOA NOITE

Kate Heffer, por outro lado, segue contando seus números ao longo do primeiro round. Vai do maior para o menor e do menor para o maior, marcando o tempo e o ritmo dos próprios movimentos no ringue com um instrumento desregulado e improvisado. De um jeito ou de outro Kate já sabe que está em maus lençóis, que Rachel Doricko tem ferramentas bem melhores, mas Kate foi dominada pelo calor da luta e agora já é tarde, ou Kate pensa que já é tarde, para mudar qualquer coisa.

Quatro, seis, dois, seis, conta Kate Heffer.

As pessoas só usam chapéu de plástico, pensa Rachel Doricko. Olhe para eles. Todo o algodão, tudo aquilo que deveria ser algodão, na verdade é plástico derretido pra virar tecido. Olhando bem de perto dá até pra ver as partículas do plástico. Se eu tivesse um maçarico, o chapéu daquele homem não ia pegar fogo, só derreter. A aba azul ia pingar, criando pequenas poças. Rachel pensa em todas as suas roupas espalhadas no tapete diante dela, todas as bermudas de basquete e todos os tênis puídos e as camisetas velhas de time que já foram dos irmãos mais velhos. Pensa que a maioria deve ser de plástico. Ainda mais as camisetas de time. Rachel bem que gostaria de espalhar aquelas roupas aqui, pelo chão do Bob's Boxing Palace, como faz dentro do quarto. Também se pergunta qual seria a camiseta menos perigosa para vestir, caso as roupas começassem a derreter

55

no corpo dela. Qual seria a bermuda esportiva de plástico que menos danificaria a pele?

O chapéu de plástico do homem na academia está numa cabeça que parece pertencer a um tio rico. Aquele tipo de tio que ficou rico no setor imobiliário ou casou com a mulher certa, construindo um patrimônio que não demanda nenhum tipo de educação formal. Ou será que nenhum tipo de patrimônio demanda educação formal? É nisso que Rachel pensa enquanto encurrala Kate Heffer como se a outra fosse um animal ferido.

Poa! É o que Rachel bufa pela barreira do protetor bucal. Ela já conseguiu encaixar um bom número de golpes, o suficiente para vencer o round. Kate Heffer mal se aguenta em pé. A agenda, o caderno, os lembretes categorizados por cor, todos ficaram para trás, fora do seu alcance.

Quatro, três, três, oito, conta Kate Heffer.

Kate entrou em pânico e está perdendo feio. Parece abatida e assustada. Os juízes e a plateia conseguem notar como os olhos dela se fecham quando um golpe chega perto. Kate não quer perder. Está tentando ser a melhor de todas em uma atividade. Tudo o que quer é ser a melhor em tudo, mas sente que alguém lhe pregou uma peça ou que talvez tenha se esforçado demais pela coisa errada. Afinal, uma vitória não conta sempre como uma vitória? E ela se lembra que, na verdade, não. Lembra que, às vezes, vencer pode ser ameaçador. O que Kate busca nos próximos dezesseis minutos não é necessariamente a vitória dentro do ringue, mas a vitória de fazer o que deveria estar fazendo. Kate Heffer é uma conformista. Fazer perguntas não é do seu feitio. Isso se deve, em parte, ao medo de que as coisas possam dar errado caso uma pergunta seja feita, pois isso já aconteceu, mais de uma vez, e pode acontecer de novo. Então Kate é o tipo de pessoa que vive para agradar os outros. Kate Heffer não quer decepcionar os pais. Kate vai se vestir de rosa e abrir um sorriso de orelha a orelha para toda foto. Nunca se cansa de posar para os retratos de família.

Mas agora Kate está aqui, em Reno, perdendo a conta, contando errado, contando fora de ordem. Como a convenceram a realizar uma atividade na qual poderia não ter um bom desempenho? Como ela não sabia que esta situação poderia muito bem levar à derrota? Certa vez a mãe de Kate Heffer lhe disse que meninas amadurecem mais rápido. Kate não quer que seu amadurecimento seja sinônimo de derrota. A única coisa que Kate Heffer tem é a própria concepção de vitória. Se tem uma coisa que ela sabe é que ser a melhor em alguma coisa deveria ser o sonho. Rachel Doricko pode estar ali no corner, cuspindo e chorando e surtando, mas Kate não vai perder a compostura. Kate vai perder a luta sem perder a compostura. Diz para si mesma: Quem sabe se eu continuar a contar do maior para o menor, continuar com a postura de combate que aprendi e que domino bem, quem sabe se eu continuar a fazer o que estou fazendo agora, consigo uma virada. Ela diz para si mesma: Quem sabe essa outra menina aí, esse motor que não para de cuspir gasolina, vá desistir, ou então dar pane e acabar morrendo.

Três, dois, sete, nove, conta Kate Heffer. Kate Heffer conta, Cinco, zero, dois, oito, oito, quatro, um, nove.

Nota de cem dólares, Rachel Doricko resmunga incoerente através do protetor bucal. Ela consegue visualizar o dinheiro nas mãos, a nota enfiada na aba do seu boné de plástico. É um dinheiro suado, mas seu. Ela economizou esse dinheiro e trocou as notas de cinco e de vinte por uma nota só, novinha em folha. Tentou apostar a própria vitória com os irmãos, mas nenhum deles topou.

Você vai trucidar aquelas meninas, declarou o irmão mais velho. Nessas horas, quando ele diz coisas assim, ela o ama.

Rachel tem um bando de irmãos e leva surra de todos eles. Tem uma relação de amor e ódio com os socos que toma em casa. A parte do amor diz que os socos são indícios de que aos olhos dos irmãos ela só pode ser um menino. Do contrário, por que teriam motivos para falar com ela? A parte do ódio é porque os irmãos estão sempre zombando dela, sempre rindo às custas dela. Mas até a zombaria tem suas vantagens. Rachel Doricko é dura na queda e sabe construir mundos onde apenas ela pode viver. A construção de mundos lhe foi muito útil. Foi o irmão mais velho que encontrou uma academia onde ela poderia treinar a sério. A euforia da situação, para não falar do fato de que não havia outras mulheres lá, casava bem com a filosofia do chapéu esquisito, e foi assim que ela começou a lutar boxe, e a treinar obsessivamente, tanto na academia quanto com o saco que encheu de areia e pendurou em uma das vigas no celeiro da família.

O corpo de Rachel Doricko é musculoso e mirrado. As pernas lembram punhados de macarrão cru cobertos com pele. Ela é pequena para sua categoria de peso, pequena também no geral. Não é baixinha, mas compacta e magricela. Acredita que as próprias entranhas devem ter um aspecto de carne de vitela. Ri alto quando dizem que ela é bonita. Quase sempre são mulheres mais velhas ou de meia-idade, que falam de um jeito que deixa claro que não têm outra coisa para oferecer — nenhum elogio específico. O riso de Rachel é brusco e medonho, sempre, e não porque ela se acha incapaz de possuir algum tipo de beleza, mas porque sabe que não possui a beleza que essas mulheres de meia-idade buscam e que na verdade elas estão mentindo.

Rachel Doricko não tem o corpo ideal para o pugilismo. Nenhum treinador das Olimpíadas escolheria o corpo dela se tivesse outras opções. Os ombros são naturalmente curvados. A postura é meio desajeitada. Ela costuma piscar mais do que o necessário. E tem um leve tremelique nas mãos. Ninguém da família nunca cogitou consultar um médico. Ela só tem uma tremedeira nas mãos, é o que pensa a família de Rachel. Do mesmo jeito que algumas pessoas têm verruga na cara. E daí que a filha não consegue segurar uma caneta direito?

Kate Heffer, no entanto, tem o corpo ideal para o pugilismo. As pessoas sempre disseram isso. Em Seattle, onde Kate vive, lutar boxe parecia uma coisa descolada, um bom jeito de puxar conversa e fazer as pessoas acharem que ela era interessante e que valia a pena convidá-la para sair e mantê-la por perto.

E as pessoas não estavam mentindo. Kate tem mesmo o corpo de uma pugilista. Possui ombros espessos e masculinos, bíceps enormes e zero quadril. Sempre odiou o próprio corpo porque era isso que diziam as fotos estampadas nas revistas. Ela acredita que é a personificação do termo mulher de *ossos largos*, ou seja, com ossos do corpo de uma espessura anormal. Mas os ossos de Kate Heffer não são largos, nem mesmo grandes, só os braços e o pescoço e a cabeça. E ela também tem um nariz grego. Kate Heffer queria ser bailarina, mas com um corpo desses ninguém nunca falou: Que tal você experimentar umas aulas de dança?

Isso acontece muito com crianças. Não raro aquilo que fazem, ou pensam que deveriam fazer, ou pensam que poderiam fazer bem, não é nada mais do que a consequência de terem escutado alguém dizer que elas seriam boas naquilo. Se você é alta as pessoas dizem: Você seria ótima no basquete, só pode. Se é uma menina toda troncuda e sem quadril, vão sugerir natação, boxe, lançamento de disco, e aí a menina para e pensa: Será que eu sou boa nessas coisas? Se as pessoas estão dizendo, só pode ser verdade.

Kate Heffer gosta de ser boa nas coisas que se propõe a fazer porque tem delírios de grandeza. Imagina situações de vida ou morte em que só ela tem a resposta certa. Imagina a si mesma salvando todo mundo, todo mundo aplaudindo, todo mundo às lágrimas. Isso fará dela uma excelente cerimonialista. Não resiste à pompa de um casamento, àquele drama inerente à organização de eventos. Este é o dia mais importante da sua vida, ela dirá no futuro. Adora dizer isso para as noivas e ver seus olhos se arregalarem. Elas assentem com a cabeça, acreditam. Não há uma noiva que não acredite na ideia de que tudo o que aconteceu em sua vida foi em preparação para aquele momento, e é exatamente isso que Kate pensa aqui e agora, enquanto encurrala Rachel Doricko. Kate Heffer diz para si mesma: Tudo o que aconteceu na minha vida foi em preparação para este momento. Seu maior obstáculo, mas também seu maior trunfo, é a capacidade de acreditar que algo tão volúvel e inútil quanto a passagem do tempo tem a capacidade humana da intenção. Em seus delírios, Kate acredita que os eventos se movem de maneira circular e fazem uma trajetória circular ao redor dela, e isso, por mais que não seja verdade, acaba lhe proporcionado uma vantagem competitiva. Ela se acha no direito de merecer as coisas. Kate merece este golpe, merece encaixar este golpe, merece vencer o round, e é o que faz.

Rachel Doricko está suando feito uma louca, se recuperando no canto do ringue, resmungando para si mesma que queria colocar em prática a filosofia do chapéu esquisito — e cadê seu chapéu esquisito? Como aceitou praticar um esporte no qual não poderia usar o chapéu esquisito? O capacete coça, abafa, sufoca, como se houvesse um forno em cima das orelhas dela, e, por mais que Rachel às vezes goste da sensação abafada, agora quer arrancar esse treco dali e enfiar os dedos pelo cabelo porque é como se insetos estivessem lhe mordendo a pele, escorregando pelos rios de suor que se formaram entre o couro cabeludo e a espuma plastificada de proteção.

Porra, pensa Rachel, mas o que sai pela boca é: Poa! O protetor bucal a faz parecer ainda mais maluca. Se Rachel perder, quem fica com o prêmio, com seu dinheiro suado? Quem fica com aquela nota novinha de cem dólares? Ninguém, pensa Rachel. Ela terá que atear fogo na nota. Perder é isso, ela percebe, é atear fogo em uma coisa pela qual você se empenhou tanto. É melhor incinerá-la de uma vez. Riscar o fósforo e deixar o fogo tomar conta. Se não pode pertencer a você, então que seja destruída. O plano de Rachel Doricko é usar pequenas e perfeitas gradações para destruir Kate Heffer. Ela consegue ouvir Kate contando baixinho, como se fosse uma bailarina. Rachel diz para si mesma: Vou pegar esses números e esmagá-los. Diz para si mesma: Deixa ela contar. Só usa cronômetro quem não entende o significado do tempo.

Sete, um, seis, conta Kate Heffer. Nove, três, nove. Os pés se movimentam em pequenos círculos.

Rachel Doricko golpeia Kate Heffer no ombro, depois na boca e depois no estômago. Vai construindo uma montanha de golpes. A estrutura dos golpes cresce cada vez mais. Sente a vitória se aproximando em pequenas e perfeitas gradações. Uma vez assistiu a um vídeo que mostrava um homem carregando uma geladeira nas costas morro acima, com uma corda passando pela parte inferior da geladeira e se prendendo a um bloco de madeira na testa. As costas formavam um ângulo de quarenta e cinco graus, arqueadas de modo a suportar o peso que se concentrava na cabeça. Estou puxando uma geladeira morro acima com a cabeça, pensa Rachel. Meus pés vão um na frente do outro, pensa Rachel. Essa menina, essa tal de Kate Heffer, não tem pra onde correr, pensa Rachel. Eu vou atirar essa menina ladeira abaixo.

Rachel tem a seguinte opinião sobre conquistas: elas podem até ser o resultado do trabalho árduo, mas no fim não significam nada. Ela jamais deixaria um troféu exposto ou penduraria ao redor da cama aquelas medalhas distribuídas a participantes de eventos de atletismo. Todos os irmãos dela fazem isso, mas Rachel acha que é um gesto besta. Para que vencer se você só vai dividir a vitória com quem está assistindo? Por que macular a vitória ao exibir o feito por aí como se fosse um poodle? É melhor vencer e deixar que as pessoas saibam que a vitória aconteceu. Ou, melhor ainda, vencer e deixar que as pessoas comentem quando você não estiver presente. Porque assim você pode desfrutar da vitória mesmo em um lugar onde seu corpo não está. Há algo melhor do que causar burburinho em ausência? Está aí outro motivo que faz Rachel Doricko acreditar na eficácia da filosofia do chapéu esquisito. Deixe as pessoas confusas, ela pensa. Eu consegui deixar essa Kate aí bem confusa, ela pensa. Vou derrotá-la, ela pensa. O corpo de Rachel parece uma costeleta fina de vitela. Ela está quente e grelhada além do ponto. Rachel se sente robusta na medida certa para envolver o corpo da adversária, sufocá-la e asfixiá-la. Estou carregada, Rachel pensa. Vou vencer esta luta de cem dólares.

Nove, três, sete, cinco, um, Kate Heffer solta baixinho. Ela está chorando quando os juízes anunciam que Rachel levou o round. Todo o autocontrole se esvaiu. Parece até que um refresco cor-de-rosa escorre pelas narinas, mas é só a mistura de sangue, lágrimas salgadas e suor viscoso. O nariz grego está ainda mais grego. O rosto, amassado e vermelho. Tão amassado que um dos espectadores abaixo do nível do ringue duvida que possa se recuperar. Esse tipo de coisa acontece nessas lutas da categoria juvenil, certo? Não tem gente que se machuca tão feio que acaba ficando com o rosto deformado pro resto da vida? Não tem gente que se machuca tanto que as lesões acabam virando uma recordação eterna da luta?

Eu sou um incêndio fora de controle, pensa Rachel Doricko. Rachel Doricko já testemunhou o poder do fogo que tudo queima. Viu a casa onde cresceu em San Diego desaparecer da noite para o dia. Era tão nova na época do incêndio florestal que até hoje ninguém acredita quando diz que se lembra do ocorrido. Estava de mãos dadas com o irmão mais velho. Ela tinha seis anos quando o incêndio aconteceu, e a família toda teve que se amontoar dentro da van. Alguém apareceu na casa deles no meio da noite, disse que tinha um fogo se alastrando ali perto e que se eles não quisessem morrer era melhor sair dali, então todos os irmãos, a mãe, o pai e ela, quando se lembraram dela, entraram na van e dirigiram até o oceano para acampar na praia e esperar o incêndio passar. Dois dias sentados na areia e indo até o mercadinho em busca de rosquinhas e sanduíches. Quando se afastavam da casa, Rachel olhou por cima do ombro e viu as chamas que lambiam a montanha logo atrás, as árvores onde ela costumava brincar desaparecendo em uma nuvem preta de alguma coisa, o fogo seguindo em frente tal qual um exército que avança, movendo-se devagar e sempre pela colina, em pequenas e perfeitas gradações, em direção à casa da família. Os irmãos dizem que ela era muito nova na época, que não tem como se lembrar disso. Mas não há nada como ver as coisas serem consumidas pelo fogo para fazer alguém acreditar que o mundo não tem a menor importância. Um lobo mata um cão, mas não o come. Um bebê se engasga com um pedaço de plástico. Um cervo é atropelado por um carro.

Rachel Doricko sabe que esta merda aqui não tem a menor importância. Tanto faz ela vencer ou perder a Copa Filhas da América, o maior, o mais relevante, o mais competitivo de todos os campeonatos de boxe juvenil feminino, pois o tempo vai seguir em frente, Rachel vai atravessá-lo e, por mais que isso possa ter certa importância, o que importa mesmo não é a vitória e sim o fato de que ela está tentando, fazendo o máximo possível (o abdome enrijecido, os bíceps em guarda) e ninguém pode ignorar uma coisa dessas, e ainda que todo mundo acabe se esquecendo do esforço dela, pelo menos Rachel vai saber que chegou até aqui, entre as melhores do país, e está vencendo, está sim, com certeza, ela está vencendo esta luta maldita.

Uma das espectadoras da luta é a avó de Rachel, que trouxe a neta de carro de San Diego para competir em Reno. Rachel não tem carro, então a avó estava fazendo um grande favor. Por favor, Rachel implorara, por favor me leve até o torneio. A avó nem pensou duas vezes, ainda que não compreendesse muito bem aonde estavam indo. Nunca assistiu a uma luta de boxe na vida e só se impressionou com as roupas, com os trajes e equipamentos e capacetes também, que as meninas portam como coroas enquanto desfilam pelo recinto. Haja confiança, pensa a avó de Rachel. Todo mundo fala tão alto. As outras boxeadoras, que no momento estão fora do ringue, assistem ao confronto como peixinhos que observam um tubarão aprisionado em uma jaula submersa. Acompanham tudo a uma distância segura. Algumas estão de capacete, mas não afivelaram a tira que vai debaixo do queixo. Outras mascam chiclete. Uma das meninas se equilibra numa perna só, feito um passarinho. Que curioso que é ter filhas, e aí essas filhas terem filhas, pensa a avó de Rachel. De onde vem a alma dessas crianças? É isso que a avó se pergunta enquanto observa Rachel dar duro no ringue. Bem quando a avó faz esse questionamento, Rachel golpeia pela direita, depois pela esquerda e depois acerta um golpe limpo no ombro da adversária. Kate recua e tenta se lembrar dos seus números. Zero, cinco, oito, conta Kate Heffer. Kate Heffer conta baixinho, dois, zero, nove.

Uma visão panorâmica do interior do Bob's Boxing Palace mostra Rachel Doricko e Kate Heffer a menos de um metro de distância uma da outra. As duas têm os punhos erguidos em frente ao rosto. Rachel movimenta para a frente e para trás as suas pernas de corça. Kate mexe os pés sem parar, para cima e para baixo, como uma bailarina. Os espectadores — a avó de Rachel, os pais, os dois jornalistas, os treinadores e os juízes com aquelas panças patéticas — inclinam o tronco na direção do ringue. Há algo imprevisível no modo como as duas movem o corpo. A impressão é de que estão perdendo a noção da realidade. Parece que a menina mais robusta, Kate Heffer, está contando um número atrás do outro, mas não dá para ter certeza porque ninguém consegue ouvir ou enxergar os números saindo da boca dela. Rachel solta uns barulhos altos, grunhidos que carregam o formato de palavras, o tempo todo. Os barulhos que acompanham esses formatos de palavra ricocheteiam nas paredes de alumínio do armazém que virou academia, espalham-se como a luz e adentram as orelhas das outras meninas. As outras boxeadoras conseguem ouvir a respiração arquejante de Rachel Doricko e Kate Heffer. Não há música. E tão pouca gente está assistindo que a torcida não é ensurdecedora. Quase ninguém torce, e quando o fazem, é alto demais e constrangedor — um único berro frenético no armazém de alumínio que virou academia.

Todo mundo consegue ouvir o corpo de Rachel Doricko e de Kate Heffer lutando para alcançar o mesmo objetivo. Tamanho é o silêncio no Bob's Boxing Palace que dá para ouvir a luva de Kate Heffer espancar o tórax de Rachel Doricko. Um barulho meio parecido com *pléc*. Lembra o som que uma mão aberta faz ao bater na superfície da água. Será que essas duas meninas são feitas de água? O bafo quente de Reno vai se infiltrando em tudo. É quase meio-dia e as pessoas já estão cansadas e suadas.

Andi Taylor, a pobre coitada que perdeu a luta anterior, está dormindo dentro da sua lata-velha estacionada do lado de fora da academia. Agora que a primeira luta dela e do torneio se transformou em derrota e fim de linha, Andi achou que não conseguiria mais encarar ninguém. Já passara muito tempo encarando Artemis Victor, ainda que a luta tivesse acabado bem mais rápido do que ela queria. Mergulhou no sono porque dormir é a solução que ela bota em prática quando está chateada. Dorme do mesmo jeito que outras pessoas bebem para afogar as mágoas. Não é a primeira vez que recorre ao sono para sarar as feridas de uma derrota, mas nunca teve que se recuperar de uma queda astronômica dessas. A luta com Artemis Victor havia sido tão monumental que só de olhar para baixo parecia que ela iria despencar. Vou dormir até passar, pensa. Vou dormir até apagar da memória a imagem de Artemis Victor esmurrando meu tórax. Não preciso ir ver Rachel Doricko ou Kate Heffer. Uma delas vai ganhar e então lutar com uma menina que não eu. Uma delas vai ganhar e então lutar com a terceira das irmãs Victor.

Artemis Victor está dentro da academia, debaixo do telhado de alumínio, com os ouvidos atentos ao som de Kate Heffer e Rachel Doricko respirando uma em cima da outra. Rachel fez mais pontos, porém, a esta altura da luta, deveria ter bem mais. No começo, Artemis Victor não tinha a menor dúvida de que Rachel Doricko venceria, mas agora, com o calor aumentando e Kate Heffer contando números como se estivesse prestes a mandar alguma coisa pelos ares, Artemis já não tem tanta certeza.

Sete, quatro, nove, quatro, quatro, Kate Heffer declara.

Rachel Doricko tenta guardar na cabeça as imagens que usará para se recordar da luta mais tarde: o chapéu de plástico, as pequenas e perfeitas gradações que formam sua montanha de golpes e os cem dólares suados do prêmio. Pensa que não dá pra repetir esta luta. Pensa que não existe essa coisa de revanche se você não é famoso. Pensa que não pode deixar Kate Heffer pegá-la desprevenida. Pensa: Pra que eu vim até Reno? A avó de Rachel olha o celular e confere as horas.

O treinador que a academia de San Diego mandou com Rachel nem é o que costuma acompanhar os treinos dela. O treinador que de fato acompanha seus treinos tinha outro torneio hoje, um torneio masculino, fora do campeonato, que acontecia sempre nesta época. Rachel só teve treinadores homens, e eles ou queriam provar alguma coisa, ou tinham perdido alguma coisa. O treinador que veio com Rachel para Reno tem três filhos e perdeu a guarda de todos. O celular dele acende o tempo todo com ligações de cobrança. Apareceu na academia onde Rachel treina porque queria um lugar onde pudesse ocupar uma posição de poder. Rachel tolera esse desejo do treinador como uma pessoa tolera um imposto a ser pago. Ela pensa: Tudo tem um preço. Pensa: Se eu quero alguma coisa, tenho que dar outra em troca. Pensa: Esse treinador até que me ensinou um pouco de postura e base, mas eu tive que pagar por isso. Pensa: Os cem dólares suados do prêmio que eu guardei tinham que ser meus. E bem quando pensa nisso, Rachel Doricko acerta um golpe no ombro de Kate Heffer. Um golpe rápido, como uma corda que chicoteia para a frente.

Em San Diego, Rachel corre longos percursos nos bosques para esquecer onde está, a aparência do próprio corpo, o fato de que tem um corpo e que as pessoas conversam com ele e que ela sabe como conversar. Passados os primeiros três quilômetros, ela começa a pairar acima da própria cabeça. O treinador regular de Rachel diz que correr é bom para os músculos. Mas, para Rachel, correr é só a melhor maneira de esquecer que ela tem uma cabeça.

A imagem da bermuda de basquete derretida, maçaricada até se liquefazer, está gravada nas retinas de Rachel. Ela pode estar com os olhos em Kate Heffer, mas não consegue tirar da cabeça a imagem das roupas queimadas e espalhadas ao seu redor. Há uma coisa bem específica da qual se lembra do dia do incêndio: a mãe lhe pedindo para ser uma boa menina. Deve ter sido o jeito de convencê-la a entrar no carro, dizendo: Rachel, seja uma boa menina. A família precisava entrar no carro para escapar do fogo.

Ser uma boa menina é uma coisa deprimente, pensa Rachel. Nossa, como eu odeio ouvir isso. Ser uma boa menina é muito, mas muito pior do que ser um bom menino, pensa Rachel. O menino só precisa vestir uma camisa limpa e pronto, já virou um bom menino. Ninguém quer ser uma boa menina, pensa Rachel. É impossível que qualquer uma das meninas nesta academia só queira ser ok e comportada.

Rachel Doricko quer ser extraordinária. Quer ser um incêndio fora de controle no corpo de uma boxeadora. Rachel Doricko quer que os juízes e treinadores e as outras meninas ali percebam que ela avança devagar e sempre, seguindo o ritmo militarizado de um incêndio florestal que vai sentenciar Kate Heffer à morte.

Você vai morrer, Rachel Doricko declara através do protetor bucal. O abdome de Rachel é a imagem escarrada de um pretendente romano. Rachel é um bom menino romano, tão bom que vai até ganhar uma donzela, e no caso a donzela é Kate Heffer, e se Rachel vencer a luta vai poder trucidar Kate como bem entender. O prêmio irá para as mãos de Rachel e ela vai fazer o que quiser com ele.

Porra, diz Rachel através do protetor bucal, para todo mundo ouvir, só que o que acaba saindo é Poá! Ela está prestes a acertar um golpe limpo no abdome de Kate Heffer.

Não é que Rachel ache que ser menino é melhor do que ser menina, ou que queira deixar de ser menina para ser menino, mas sim que as palavras (seja uma boa menina) parecem estar perpetuamente vestidas numa jaqueta transparente. Mesmo quando a mãe pede um favor para ela (seja uma boa menina), é como se estivesse pedindo para vestir uma jaqueta de plástico translúcido. Como as palavras acabam ficando assim?, Rachel pergunta para si mesma. Como ficam tão asquerosas e artificiais?

Bom menino, Rachel declara. Ela faz questão de articular com clareza as palavras *bom menino* e Kate Heffer consegue escutar as palavras que passam pelos dentes encapados com o protetor bucal.

Bom menino? Kate Heffer fica na dúvida. O que será que fez para merecer uma afronta dessas? Todo mundo na vida de Kate sempre diz que uma boa menina tem um lugar e uma função, e todo mundo sempre diz: Kate, você é uma boa menina, tome aqui as regras pra ser uma boa menina e tudo o que você tem que fazer pra que sua boa meninice seja atestada, comprovada, verificada.

Ela consegue imaginar a mãe falando: A decisão aqui é unânime, todo mundo acha que você é uma boa menina.

Mas vai continuar sendo uma boa menina se perder esta luta? Seria este o tipo de situação em que a derrota conta como vitória? Se ela for derrotada, os pais talvez fiquem aliviados porque vão poder ir embora de Reno e não vão mais precisar assistir a essas lutas.

Kate Heffer pôs esta luta em um pedestal. Passou meses acreditando que este seria o momento ao redor do qual outros momentos orbitariam. Os quilômetros de suas corridas foram anotados, as calorias, devidamente contabilizadas. Os dígitos de pi que preservou na mente foram memorizados e verbalizados. Ela visualizou a vitória e a alegria estampada no rosto dos pais. Achou que a academia para o Filhas da América fosse ser um pouco mais arrumadinha. É uma espelunca em comparação com a academia dela em Seattle. As janelas estão caindo aos pedaços. As claraboias são imundas e por isso a luz que consegue entrar parece meio embaçada e opaca. O próprio ringue tem uma aparência de segunda mão, ou então de alguma coisa que já passou pelo Craigslist. O que será que daria para negociar no Craigslist em troca de um ringue de boxe? Uma scooter bem maneira, Kate pensa, ou uma piscina externa e desmontável, ou a mão de obra para pintar vários cômodos.

Kate Heffer acha que quer vencer esta luta, mas a cada novo instante de combate vai perdendo um pouco mais a certeza de que vencer vai lhe dar a tão sonhada glória. Seria este o tipo de situação em que vitória conta como vitória? Kate pensa no caso de duas nadadoras famosas. Ocupam o primeiro e o segundo lugar do ranking mundial, e ela conferiu na internet para ver se lembrava certinho quem era a número um e quem era a número dois. O curioso é que a número dois do mundo é muito mais famosa do que a número um. A número dois (a que perdeu) aparece em tudo quanto é embalagem de cereal, em tudo quanto é propaganda esportiva, em tudo quanto é anúncio para óculos de natação, e até as instituições de caridade que oferecem auxílio a jovens mulheres exibem o rosto da nadadora número dois (a que perdeu) para declarar que seus projetos estão realizando transformações boas e significativas no mundo e que por isso a instituição merece dinheiro e atenção e aplausos.

Isso, na cabeça de Kate Heffer, é um exemplo de como a vitória pode contar como derrota. A menos que a número dois do mundo tenha vencido alguma outra competição e Kate não saiba disso? Talvez uma competição de outra coisa, e não de natação? Talvez essa outra competição fosse para ver quem era a melhor em se conformar, em ser uma boa menina de um jeito específico, em dizer o que os outros esperam ouvir e, acima de tudo isso, em se vestir e se comportar de acordo com o papel que lhe foi atribuído?

A vitória nem sempre conta como vitória, conclui Kate Heffer, e nesta hora é golpeada nas costelas. É ponto. Uma das costelas enverga para dentro. Um movimento ligeiro, para cima e para dentro do corpo. Kate consegue senti-la encurvar feito um utensílio barato, como os dentes de um garfo de plástico arqueados na direção contrária. Começa a achar que um machucado com tons de magenta vai aparecer ali onde a costela arqueou para dentro do corpo, mas talvez tenha se enganado, talvez não vá aparecer nenhuma flor arroxeada, talvez o abdome tenha absorvido o impacto da costela encurvada e talvez ela consiga buscar ao menos um contragolpe, talvez os pais possam ajudá-la, talvez ela ainda não tenha jogado a toalha.

Rachel Doricko pensa que só tem uma coisa pior do que ser uma boa menina: ser um bom cão. Rachel é louca por cachorros, mas não gostaria que as pessoas falassem com ela usando aquele tom de voz esganiçado e insuportável. Dizem para um cachorro que ele é bom com o mesmo tom de voz que usam ao conversar com crianças. Quando está em casa, Rachel vê os olhos da mãe se arregalarem enquanto ela fala de um jeito infantil com o cachorro, balançando a cabeça para cima e para baixo na frente do focinho dele, como se quisesse testar a capacidade do bicho de discernir movimentos e concentração e ritmo.

Rachel detesta lutar com gente que não está desesperada, e é por isso que começa a detestar esta luta com Kate Heffer. De que adianta lutar com uma pessoa que não se entregou de corpo e alma ao combate? Está cansada disso e quer acabar logo com esta luta e fazer Kate Heffer chorar. "Olha só pra ela!", pensa. "Olha só quanta tristeza nesses olhos!"

Cinco, nove, dois, três, zero, sete, Kate Heffer conta baixinho. Ela bufa pelo nariz.

Só mais um soco, pensa Rachel. Só mais um round e aí eu vou ver a Kate Heffer morrer.

O braço direito de Rachel Doricko é um elástico de borracha que já foi esticado várias e várias vezes. Ele bate na pele de Kate Heffer com estalos altos e acelerados. Kate se encolhe com os golpes, mas ainda assim movimenta as pernas para a frente e não para trás. Com as mãos levantadas numa guarda frouxa, oferece o rosto à adversária como se fosse um presente toscamente embrulhado. Aqui, diz sua linguagem corporal, ó, meu rosto. Pode ficar. O treinador de Kate Heffer, que até agora não abriu a boca, berra com Kate para ela levantar a guarda. Kate quase sempre obedece, só que perdeu o interesse e não quer mais deixar o campeonato Filhas da América orbitar ao seu redor.

A vontade de agradar os outros é a vontade de não ser diversa.

Kate entrou para o boxe por causa de um convite. Foi no primeiro ano do ensino médio, vindo de uma menina que ela queria ter como amiga. A menina até participou de um ou outro treino de sparring, mas acabou desistindo. Kate Heffer ficou sozinha em meio aos meninos da academia, um lugar estranho para uma menina, mas pelo menos era um lugar no qual podia fazer, e fazer bem, o que diziam para ela fazer.

Enquanto o rosto de Kate Heffer recebe os golpes de Rachel Doricko, Kate Heffer se pergunta se a menina que a convidara para lutar boxe tinha gostado dela. Será que Kate era o tipo de pessoa que alguém gostaria de ter sempre por perto?

O público — que não é composto de torcedores e sim praticamente só de outras participantes do torneio — já percebeu que Rachel Doricko está devorando Kate Heffer. A sensação na academia é de que Rachel está arrancando pedaços do abdome da outra com os dentes. Há certa delicadeza no extermínio de Kate Heffer.

O público já percebeu que Kate Heffer deixou de acreditar que a vitória sempre conta como vitória, e que na cabeça dela esta luta deixou de ser uma situação de vitória a qualquer preço para se transformar em alguns minutos apáticos, pois, de algum modo, quase que por milagre, Kate se deu conta, no meio da luta, de que este momento, que ela achara ser o momento ao redor do qual outros momentos orbitariam, na verdade não tem importância nenhuma na sua vida.

A academia toda já sente o cheiro da desintegração de Kate Heffer. Os pais e as mães que assistem ao torneio e as outras boxeadoras perceberam que ela transformou esta luta em um acontecimento de zero importância. Dentro da hierarquia muito pessoal de Kate dos momentos de sua vida, esta luta caiu depressa do alto do pedestal em direção à insignificância. A mãe de Kate Heffer, sentada mais à esquerda na parte posterior do ringue, reparou nisso e, agora, consegue relaxar um pouco. Foi ela quem trouxe Kate de carro lá de Seattle. Não gosta de boxe e não entende muito bem a necessidade desses campeonatos. Mas, considerando o corpo robusto da filha (para não falar do nariz grego, tão parecido com o do pai), as regras normais sobre meninas e as atividades que meninas deveriam desempenhar não pareciam ser uma coisa boa, ou apropriada, a se manter em mente.

Eu vou matar essa garota, pensa Rachel Doricko. Vou matar essa Kate Heffer e ela vai chorar na minha frente. Rachel conecta bem o jab-direto fingindo que vai para a direita, mas na verdade se movimenta para a esquerda e acerta o olho de Kate Heffer. O impacto é imediato e a pele começa a se avolumar. O inchaço vem muito mais rápido do que o normal. Rachel Doricko só pensa: Isso, continua assim, seu olho obeso de merda. Quero ver você inchar inteiro e ficar bem fechadinho.

Rachel Doricko está prestes a golpear outra vez o olho de Kate, mas o round chega ao fim e Rachel ganha um tempo para recuperar o fôlego antes de acabar com a luta de uma vez por todas. Eu economizei até meu último centavo pra chegar aqui, Rachel pensa. E você, quanto é que tem? Ela se imagina enfiando um montinho de moedas, um rolo inteiro, no meio dos dentes de Kate Heffer e forçando o protetor bucal da outra para fora, fazendo-a cuspi-lo no chão, fazendo Kate mastigar todos os centavos até não sobrar quase nada dos dentes.

O juiz mais velho entre os juízes velhos está preocupado de verdade com Kate Heffer. Rachel Doricko está com uma cara de *serial killer*. Está com uma cara de que quer moer a carne de Kate Heffer para fazer hambúrguer.

Rachel Doricko e Kate Heffer já não parecem mais pertencer à mesma espécie. Os olhos de Rachel Doricko não param quietos, percorrendo o espaço que conecta os ombros da outra. O rosto de Kate está inchado, marcado com vasos sanguíneos que explodiram.

As pernas de carne de vitela de Rachel cintilam. O suor grudou o cabelo às têmporas. Ela tem uma postura mais ereta que Kate e por isso o capacete ganha uma aparência majestosa, como o prédio mais alto de uma cidade cujo pano de fundo é o oceano. A luz do meio-dia se infiltra pela claraboia do Bob's Boxing Palace e vai se assentando na cabeça do público. Em suas cadeiras espalhadas, inclinados ou em pé, os espectadores parecem testemunhas de um julgamento. Rachel Doricko bem que queria que alguém as entrevistasse após a luta. Você viu?, Rachel perguntaria. Você viu Kate Heffer contando sem chegar a lugar nenhum? Ouviu Rachel dizer que Kate era um bom menino, e que nenhuma das duas queria ser um bom cão, você viu que Rachel fez Kate mastigar moedas até que a boca de Kate fosse só um buraco cheio de dentes quebrados?

Poa! Diz Rachel Doricko pela barreira do protetor bucal. Começa o último round e ela pensa em maneiras de acabar com o sofrimento de Kate Heffer. Kate Heffer nem sequer tenta buscar uma aproximação, só ofega e levanta a guarda para proteger o rosto.

O pai e a mãe de Kate Heffer não ficarão decepcionados com a derrota da filha, ainda que tenham gastado todo esse dinheiro, se deslocado até aqui, tirado uns dias de folga no trabalho, tudo isso para desempenhar o papel de pais que apoiam a filha, torcendo por ela e a incentivando a ser a melhor de todas em alguma coisa, ainda que a coisa na qual ela pelo visto tinha potencial para ser a melhor seja, na melhor das hipóteses, meio problemática. Mas, com uma filha com a cara da Kate, o que se pode fazer? Aqui está ela, levando uma coça, com o olho roxo e inchado de tal jeito que o corpo inteiro parece um prato descartável de papelão, um prato de churrasco com muito ketchup, e o ketchup respingou pela superfície inteira desse prato-rosto, que por isso está empapado e quase irreconhecível e quase certeza que vai ter que ser jogado fora.

O pai e a mãe de Kate torcem por ela e berram coisas do tipo Você consegue, Kate!, ou Vai, filha!, mas todo mundo sabe que ela está prestes a ser derrotada.

A avó de Rachel Doricko permanece em silêncio. Está apenas maravilhada com o que se desenrola diante dela.

Quando o último round chega ao fim e os juízes declaram que Rachel é a vencedora, o olho de Kate já está do tamanho de uma bola de tênis e todo mundo, principalmente Kate Heffer, sente um alívio tremendo pelo fim da luta. O árbitro levanta o braço de Rachel. Os olhos de Rachel percorrem todas as testemunhas. Ela não conhece ninguém exceto o treinador de meia-tigela e a avó, mas agora todo mundo sabe quem ela é. O tórax sobe e desce em arquejos dramáticos. Ela se dirige até o corner do ringue, senta-se no banquinho, cospe o protetor bucal para fora e, com os dentes, começa a arrancar a fita que usou para firmar as luvas nos punhos. Os sons de rasgo ressoam alto pela academia de alumínio, mas perdem força em meio ao falatório das testemunhas e à preparação para a próxima luta. É hora do almoço, então os juízes e árbitros abandonam suas posições e saem da academia para fumar um cigarro.

Kate Heffer rastejou para fora do ringue e está chorando sob o dossel formado pelos pais. Eles protegem seu corpo empapado da vista de Rachel e das outras boxeadoras. Kate sabe que chora porque não foi capaz de se tornar a melhor do mundo em alguma coisa. A vida inteira, desde que consegue se lembrar, ela sempre observou o tempo e os eventos orbitando ao seu redor, com o único propósito de caminhar rumo aos seus desejos. Mas agora aqui está ela, sangrando, com um desejo claramente destruído e que não lhe foi concedido, então ela reconstrói a história inteira dos próprios desejos e decide que vencer essa luta que acabou, ser a melhor boxeadora do mundo, nunca chegou a ser uma coisa que ela queria de verdade, só era algo que estava experimentando porque outras pessoas disseram que ela tinha potencial. Mais tarde, quando estiver voltando para Seattle com os pais, articulará isso em palavras. Vai dizer a eles: Eu nunca quis ser a melhor boxeadora do mundo. E a mãe ratificará essa afirmação delirante, uma contradição tão óbvia daquilo que a filha dissera alguns dias antes, com um simples Claro que não, meu bem. Só meninas vulgares se tornam as melhores boxeadoras do mundo.

É graças a esse talento para reescrever a realidade dos próprios desejos que Kate Heffer transformará todas as narrativas de sua vida em verdades autorrealizáveis. Dessa forma, conseguirá perceber e registrar apenas os eventos que se encaixam em sua percepção do mundo à sua volta a cada momento. Como cerimonialista, treinará as noivas para que adotem essa mesma estratégia. Este vai ser o melhor dia da sua vida, Kate Heffer dirá a todas as suas clientes, e elas vão olhar para ela e reorganizar, e reimaginar, e relembrar uma vez mais os próprios desejos até que enfim tudo esteja na ordem correta para que possam responder, sem titubear: Sim, este vai ser o melhor dia da minha vida.

Todo o grupo — Kate Heffer, o pai e a mãe que tanto a apoiaram, e as interações que Kate ainda terá com as noivas no futuro — segue de carro rumo a uma abundante refeição em um restaurante escolhido por Kate para celebrar o fim do torneio para ela e, assim, proporcionar-lhe a recompensa que ela merece, a recompensa que ela receberia de qualquer forma, ganhasse ou perdesse a luta. Por mais que nada seja dito à mesa, todos sabem que Kate nunca mais vai pisar em um ringue. Está velha demais para a categoria juvenil e não tem nenhuma intenção de seguir carreira no boxe universitário, até porque o boxe foi só uma coisa que ela queria experimentar, não era uma coisa que ela levava a sério, nem uma coisa importante para ela, nem uma coisa capaz de magoar os sentimentos dela ou, pior, de dar a ela um vislumbre de quem de fato é.

O intervalo de almoço está quase chegando ao fim no Bob's Boxing Palace. As testemunhas caminham a esmo, em círculos. Rachel Doricko observa os trajetos desses pés e pensa em galinhas em um viveiro. Como Kate e seus pais foram embora, há ainda menos gente do que antes. Desse jeito, quando as lutas da próxima rodada começarem, Rachel pensa, só vão sobrar as boxeadoras e as pessoas dentro da cabeça delas. Ela come uma laranja que descascou com as unhas curtas. Não trocou de roupa, só calçou o tênis de cano alto e substituiu o capacete pelo chapéu esquisito. Sente que voltou para uma espécie de lar ao enfim poder pôr em prática a filosofia do chapéu esquisito. Faz muito calor em Reno e faz muito calor dentro da academia, então realmente não faz sentido algum ela querer tapar a cabeça suada e recém-saída da vitória com esse quepe de pele de guaxinim ao estilo Daniel Boone. A cauda do animal está virada para trás. Rachel pinga de suor por causa do calor e da luta e da pelugem do guaxinim que cobre orelhas e pescoço. O açúcar da laranja tem um gosto incrível. Ela fica pensando se teria como bombear suco de laranja para o corpo inteiro via intravenosa. Seria fantástico sentir o líquido percorrer a corrente sanguínea até sua carne de vitela. Com cuidado, puxa os fiapos brancos e grudentos dos gomos da fruta. A academia se prepara para a próxima luta e ninguém está olhando para ela. Rachel Doricko está a sós com sua vitória, sentada no chão, comendo laranja em um canto. Ninguém a parabeniza. Ninguém para e diz: Que garra você tem. A avó saiu para comprar uma garrafa de água. Rachel enxerga a si mesma como uma coisa que as pessoas conseguem ver, mas não compreender. Todo mundo viu a luta dela. Rachel viu as testemunhas a vendo no ringue. Mas, talvez, as pessoas não tenham visto uma menina lutando boxe e sim as pequenas e contínuas gradações de um incêndio florestal; não uma menina lutando boxe e sim Rachel atravessando a montanha que era o corpo de Kate como uma linha preta, longa e espessa no decorrer da luta, exaurindo Kate, tornando-a empapada, até que virasse uma coisa queimada em meio aos escombros, uma coisa entre inúmeras outras que foram engolidas pelo fogo, transformada fundamentalmente de modo que não era mais uma coisa viva e que respirava, mas sim um tronco carbonizado que se despedaça ao ser tocado e deixa marcas pretas de carvão quando roça nas mãos de alguém.

Rachel Doricko ainda está sentada no chão, em um canto, quando o intervalo de almoço termina. Dali, consegue ver as meninas da próxima luta se posicionando para entrar no ringue. Parecem irmãs. As duas têm tranças longas e castanhas que se projetam para fora do capacete. O árbitro vai até uma delas e confere as luvas para ver se não há chumbo ali dentro. Coloca a mão em uma luva, depois em outra. Faz tudo de novo, agora com a segunda menina. Com as luvas já afixadas nos punhos, a semelhança entre as duas diminui um pouco. Uma tem a postura mais ereta e a outra fica meio agachada, curvada. Esta última tem uma marca de nascença púrpura que começa logo abaixo do nariz e escorre até o lábio superior. Quase um pigmento de tinta que escapou das linhas de um livro de colorir.

Rachel Doricko ama assistir a duas pessoas se batendo. Ela sempre faz uma aposta consigo mesma para determinar quem vai vencer. Nesta luta, aposta na menina com o lábio púrpura manchado. Na frente de Rachel, virada para o ringue, está Artemis Victor. Artemis já lutou com as duas meninas desta terceira luta. Foi no torneio regional, que aconteceu no verão. Rachel Doricko ainda está sentada no chão, em um canto do Bob's Boxing Palace, observando os músculos nas costas de Artemis Victor, e Artemis observa as meninas da terceira luta que dão pulinhos, aquecendo as pernas. Artemis sempre observa como uma boxeadora salta e como os pés batem no chão durante esses pulos de aquecimento. Todas as atenções se voltam para o ringue. Soa o gongo e o primeiro golpe acerta a boxeadora de lábio púrpura. Vários golpes entram já nesses primeiros instantes. A luta promete, então todas as dezenove testemunhas, todo mundo que está fora do ringue, se põem de pé, cruzam os braços, caminham em direção às cordas que delimitam o embate e ali ficam, aglomeradas.

Izzy Lang
vs.
Iggy Lang

Em Douglas, no estado do Michigan, há uma pracinha com a estátua de um cachorro que salvou alguém durante uma guerra. Iggy Lang também quer ser um herói de guerra. Faria de tudo para ser um herói de guerra e ter uma estátua só sua num parque. Estaria disposta a matar pessoas, a ser morta por pessoas, a transformar o próprio corpo em corpo de cachorro só para ganhar uma estátua em uma praça, onde todo mundo passaria e a tocaria e a olharia, interrompendo o passeio para falar sobre ela com afeição e alegria. Vai ver eu só quero ser um cachorro, pensa Iggy. Ela tem, sempre teve, uma mancha púrpura no lábio e logo acima do lábio, o que já faz com que tenha a aparência de um animal marcado. Iggy acha que essa mácula foi o que a salvou de gostar de outras pessoas. Todo mundo que conhece é superficial, só quer saber de televisão. A única coisa que Iggy quer é ser a melhor do mundo em alguma coisa, e ela é a melhor do mundo em alguma coisa. Iggy é uma das melhores boxeadoras de quinze anos do mundo. Ainda pode disputar este torneio por mais três anos antes de estourar o limite de idade, o que significa que quando estiver com dezoito será a defensora do título, porque Iggy vai vencer esta luta, e a que vier depois, e em seguida vai se metamorfosear em um labrador manchado da década de 1940 para que alguém possa erigir uma estátua dela em um gramadinho.

O exterior do Bob's Boxing Palace parece de isopor, como se desse para arranhar o prédio com as unhas e misturar os pedacinhos saídos dele em uma cumbuca cheia de queijo cottage.

Adultos, e as pessoas em geral, vivem explicando para Iggy que a mancha púrpura no seu rosto não importa, como se fosse algum tipo de impedimento. Ela nunca entendeu o motivo para isso. Tem vergonha é dos dentes tortos. Foi por causa deles, aliás, que começou a lutar boxe. Iggy viu uma luta da prima, Izzy, e ficou com inveja do seu protetor bucal. Nossa, isso ia ficar ótimo em mim, pensou Iggy. A ideia despontou um ano atrás, quando ela tinha catorze anos.

Douglas, no Michigan, é como qualquer outro lugar, e poderia ser qualquer outro lugar, que é a impressão que as boxeadoras têm quando chegam a muitos dos locais de luta. Vão de carro ou pedem carona para os pais, se deslocando rumo a áreas esquisitas do país, áreas com cara de lugar nenhum, e mesmo as áreas que têm cara de ser um lugar de verdade ostentam a mesma aura de paredes de isopor que se vê no Bob's Boxing Palace, construções com a fachada mais alta do que o resto das paredes para esconder o telhado, shoppings estreitos de aparência acabada com lojas de artigos esportivos e estacionamentos a céu aberto que se estendem por quilômetros, os estacionamentos que dão as boas-vindas às meninas quando elas chegam para os torneios, passarelas de concreto que conectam a casa de cada uma até essas academias situadas em estados longínquos. A iluminação varia um pouco, sim, e os equipamentos também sempre são um pouco diferentes, e os juízes, de que buraco saíram? São amigos do namorado da irmã de alguém? Juízes diferentes, mas sempre com a mesma cara. Homens, toda vez, que aos olhos das meninas parecem velhos, mas na verdade têm entre vinte e seis e cinquenta e cinco anos.

A revista da CBJF que todas elas assinam, a revista que você precisa assinar se quiser participar do torneio, faz reportagens sobre as academias que oferecem treinamento de boxe juvenil feminino, mas são sempre curtas e com fotografias de péssima resolução. Iggy Lang ainda se lembra da primeira vez que viu uma matéria sobre o Bob's Boxing Palace na revista. Não dava nem para distinguir qual tipo de construção era. Poderia ser um Walmart, ou qualquer outra academia.

É um azar esta luta ser entre Izzy e Iggy Lang. As duas já se enfrentaram no ringue milhões de vezes, claro, mas este é o primeiro campeonato Filhas da América de Iggy, e o segundo de Izzy, porque ela tem dezessete anos e Iggy ainda tem quinze. Que coisa, ter uma prima mais nova que também luta boxe. Izzy a odeia. Odeia aquele lábio púrpura e o jeito que a prima tem de ficar encarando todo mundo. Iggy Lang acha que não tem problema nenhum ficar encarando as pessoas. Encara, e encara mesmo, com seu lábio púrpura. Izzy odeia o fato de que a prima mais nova só abre a boca se estiver com um protetor bucal. Quando Iggy Lang está de protetor bucal e abre um sorriso, o lábio púrpura se curva por cima do plástico vermelho feito uma veia agarrada num pedaço de carne.

Iggy e Izzy Lang são parecidas na medida em que foram feitas do mesmo molde genético, mas Iggy tem o lábio púrpura e Izzy é um pouquinho mais baixa, embora Iggy se agache mais quando luta. As duas têm a mesma aptidão para desenvolver os músculos. As costas são tão definidas que é como se existissem cordas debaixo da pele. Os abdomes são tanquinhos, perfeitamente desenhados como se esculpidos em argila.

Há algo de atemporal em Iggy e em Izzy. É o jeito como a pele se estica ao redor da testa. Tesa, mas bronzeada de sol e se enrugando aqui e ali. A existência dessas linhas na testa faz parecer que as duas estão na casa dos trinta, só que o abdome sarado, os braços e as pernas revelam as crianças que são.

Com o capacete vermelho de afivelar, todas as boxeadoras parecem atemporais, ou envelhecidas, ou amassadas e encaixotadas. É a opinião compartilhada por todas as participantes do torneio.

Izzy Lang detesta usar o capacete, acha que fica horrorosa. Quer muito fazer dezoito anos para sair da categoria juvenil e lutar com a cabeça descoberta, desprotegida. Sonha acordada com os nocautes. Imagina como seria dar e receber um nocaute. Imagina a visão ficando turva e o cérebro batendo contra o crânio com tanta força que nasce uma flor, o machucado inchando, o flash das câmeras piscando, e alguém diz: Merda, a Izzy Lang levou um bem feio, e então a foto do golpe, do nocaute, estampada em uma revista que todo mundo (e não só boxeadoras) vai ler.

Há doze pessoas assistindo à luta entre Iggy e Izzy Lang. Quatro delas são outras boxeadoras. Zero fotógrafos.

A iluminação no interior do Bob's Boxing Palace confere à opacidade da luta entre Iggy e Izzy Lang uma cobertura de lantejoulas. O ar dentro do armazém está cheio de poeira, ou talvez sejam as luzes, brilhando tão forte que iluminam as partículas de pó, transformando-as em pontinhos cintilantes atravessados pelos punhos de Iggy e Izzy, como se as duas socassem água com glitter, abrindo caminho em meio aos raios de poeira iluminada para tocar no rosto, nas costelas, nas bochechas da adversária.

Iggy idolatra Izzy. Iggy, a prima mais nova, tão encantada com Izzy a ponto de segui-la rumo ao caminho sem volta que é o pugilismo. O nome das duas começa com *I*, termina com *y* e tem uma consoante dupla, o que as faz parecer meio doidas. Dá para contar na mão o número de meninas com nome que as faz parecer meio doidas em Douglas, no Michigan. Não tinha como Iggy não idolatrar Izzy, e por que Izzy era tão infeliz por ter uma prima mais nova seguindo os passos dela? É de imaginar que ficaria contente de ter alguém para conspirar com ela no mundo, para criar um legado familiar no boxe. Se Izzy levar o título desta vez, Iggy pode ser sua jovem sucessora e herdar os louros e a glória de conquistar o primeiro lugar da Copa Filhas da América.

A academia onde Iggy e Izzy treinam chegou à conclusão de que, para receber o cheque da vitória, um só treinador já estava de bom tamanho. Nesta luta, então, as duas dividem o mesmo treinador. Ele está posicionado no lado de fora do ringue, em um canto neutro. Parece aquele parente que, na opinião do resto da família, deveria ter recusado o convite para o jantar de Ação de Graças, até porque o convite fora feito por obrigação.

Nesta luta da Filhas da América, Izzy vence os dois primeiros rounds e Iggy leva os três seguintes. Iggy está tão agitada com o desenrolar da luta que, entre os rounds, os juízes e o árbitro precisam pedir várias vezes que fique sentada. Senta, o árbitro pede. Senta, senão vai levar uma penalidade e perder o próximo round.

Os punhos enluvados das duas se encostam. Iggy tem um jogo de pernas mais flexionado, giratório. Sua trança bate nas costas quando ela faz movimentos bruscos, o que acontece o tempo todo, como se ela estivesse tentando assustar alguém ou então dissesse: Bu! Lembra a investida feroz que os cachorros fazem quando estão brincando. Um ataque ligeiro antes de bater em retirada, com aquela cara, aquele olhar para trás, que diz: Vem atrás de mim, você não quer vir atrás de mim? Esses movimentos ligeiros são a mesma coisa: uma forma de incitar a adversária, de incitar Izzy, a prima de Iggy, a posicionar o punho no exato local que o corpo de Iggy vai ocupar logo em seguida. Me acerta, pede aquela investida súbita e provocadora. Me acerta bem aqui.

Iggy e Izzy Lang vieram juntas para este torneio. Dividiram o banco de trás do carro enquanto a mãe de Izzy dirigia por vinte e nove horas. Dormiram em hoteizinhos baratos de beira de estrada em North Platte, no Nebraska, e em Echo, Utah. Na parada em North Platte, as meninas saíram de fininho para tentar comprar bebida alcoólica depois que a mãe de Izzy pegou no sono. Nenhuma das duas estava cansada. Tinham passado o dia inteiro dormindo no carro, enjoadas e sonolentas depois de cozinhar sob o sol que atravessava a janela e corria lá no alto. A mãe de Izzy parecia um cadáver de sono. Entrara no quarto, se enfiara sob a colcha de plástico barato na cama, virara de frente para a parede e de costas para as meninas e caíra no sono. A colcha de plástico era adornada com bordados de plástico. Tinha uma estampa de caxemira marrom em baixa resolução. Dava a impressão de que tinham encontrado uma estampa de caxemira na internet e ampliado a imagem até ficar do tamanho da cama. Então a mãe dormia embaixo de algo que mais parecia um pôster de plástico barato. Seu corpo era quase um saquinho plástico cheio de água. Izzy achava que o queixo da mãe tinha um aspecto de galinha. Não conseguia sequer imaginar como seria ter um corpo daqueles, o cabelo ralo com um permanente, um pescoço empelotado feito massa de biscoito. Olhava para a mãe e via uma alienígena dormindo. Iggy olhava para a mãe de Izzy e via apenas a mãe de Izzy dormindo. As duas atravessaram o saguão de luzes fluorescentes e saíram na rua. Os corpos eram dois instrumentos elegantes que resvalavam pelas ruas de North Platte. Sentiam a argila do abdome sarado roçar contra o algodão das camisetas grandes demais e o elástico dos boxers de menino. Iggy queria ir até o posto de gasolina para comprar uma cerveja, só que o trajeto se mostrou curto demais, então mudaram de ideia e decidiram seguir por uma ruazinha de terra batida, às escuras, para caminhar mais um pouco e esticar as pernas amassadas de tanto ficar no carro.

Izzy ficou incomodada quando Iggy começou a lutar boxe e a ir junto com ela para a academia, e ainda está incomodada com essa atitude maria-vai-com-as-outras da prima mais nova de lábio púrpura. Depois que Iggy começou a lutar boxe, os meninos da academia em Douglas, no Michigan, e os treinadores também, passaram a colocar as duas para treinar juntas e comentavam como era legal que agora Izzy finalmente tinha uma parceira de treino, só que Izzy adorava ser a única menina na academia, adorava lutar só com meninos boxeadores. Gostava de dar uma surra em meninos — mas também gostava de levar uma surra deles. Iggy, ao contrário, só gostava de lutar com meninos se fosse para vencer. Fazia um escarcéu quando era derrotada. Cuspia e chorava quando os golpes não entravam. Às vezes atirava as luvas no chão ou na cabeça dos meninos que a tinham derrotado. Quando começava a chorar, saía cuspindo fogo pela academia e ainda socava a parede de metal com toda a força. Iggy sempre fazia um escândalo, mas Izzy não sabia dizer se a prima gostava de fazer escândalos ou se aquilo era mais forte do que ela. Izzy era uma lutadora calma e de cabeça fria. Ficava na dela. Era por isso que os treinadores e os meninos boxeadores gostavam mais dela. Todo mundo gosta de uma boa perdedora.

Iggy e Izzy caminhavam devagar pela ruazinha de terra batida e sem iluminação em North Platte. Tal como irmãs, a presença de uma era motivo de irritação e conforto para a outra. Um vento abafado de verão vinha logo atrás delas. Alguns ratos se movimentavam ligeiros pelas beiradas da rua, que de um lado e de outro também exibia o quintal dos fundos de diversas casas mergulhadas na escuridão. Elas haviam adentrado a espinha dorsal de um bairro. Aquela ruazinha existia apenas para que os moradores pudessem acessar a área do lixo com mais facilidade. Os quintais não tinham muita coisa a não ser telas de alambrado. Mais à frente, havia uma ou outra casa com algumas luzes acesas. Iggy e Izzy se sentiam como dois peixes nadando para longe da mãe de Izzy, adormecida no hotel de beira de estrada, como se mergulhassem em direção às profundezas do oceano obscurecido, onde estariam tão perto de lugar nenhum que poderiam muito bem estar em qualquer lugar.

Iggy e Izzy ficaram incomodadas quando o treinador que comandava a academia de Douglas, no Michigan, decidiu que as duas treinassem sempre juntas. Não faz sentido treinar noite e dia com a mesma pessoa. Na cabeça de Iggy, treinar o tempo todo com Izzy era a mesma coisa que passar horas a fio assistindo a programas policiais na televisão. Ficava tão entediada que às vezes não aguentava mais espancar Izzy e deixava a prima vencer.

Chutando pedaços de terra batida naquela ruazinha mal iluminada em um bairro de North Platte, Nebraska, com a academia de Douglas, no Michigan, a dez horas de distância na direção leste, a academia Bob's Boxing Palace em Reno na frente delas, e a soma das horas que as duas já viveram neste planeta resultando em pouco menos de trinta e dois anos, na cabeça de ambas este verão, estes muitos dias de viagem de carro entre Douglas e Reno, seria um divisor de águas em que muitas coisas, talvez todas elas, se tornariam definidas. Era, sempre é, uma aventura grandiosa atravessar tantos estados, ser designada para ficar frente a frente com uma outra você, alguém à sua altura, uma outra menina que vive em outro mundo e que também passa muito tempo sozinha batendo nas coisas com as mãos.

A recepcionista do hotelzinho caíra no sono. Quando Iggy e Izzy partiram na expedição em busca de álcool que logo virou uma perambulação pela ruazinha de terra batida, a recepcionista parecia ter consumido algum tipo de droga. Todo mundo tem essa cara, pensou Iggy. Todo mundo tem cara de sono ou cara de cansaço. O cabelo da recepcionista era loiro e parecia uma palha. Tinha um topete considerável. Iggy achou que deveria servir bem como travesseiro. A mulher dormia com a cara enfiada na mesa. Uma das mãos empunhava o maço de cigarros, a outra estava aberta feito uma estrela-do-mar. As unhas eram garras púrpuras. Iggy ficou pensando: Que unhas bonitas. Ter a unha pintada de púrpura deve ser legal. A unha púrpura meio que diz: Cheguei pra festa. Vai ver a recepcionista tinha acabado de voltar de uma festa? Vai ver que, quando você fica mais velha, ir a uma festa é isso aí? Eu quero ser mais velha, pensou Iggy. Quero ser mais velha e quero ser a campeã e quero ter unhas púrpuras e um cachorro pra lamber a minha bochecha.

Izzy não só é mais velha como também é a prima que luta boxe há mais tempo. Já faz dois anos que vem construindo um mundo particular de pugilismo — um mundo no qual ela é boxeadora, um mundo onde o boxe vai ser a porta de entrada para a glória. Assim que começou a construir esse universo próprio, passou a tomar todas as suas decisões de acordo com o boxe: a hora em que acorda, o local onde treina, o lugar onde trabalha depois do treino, as roupas que usa, o corte e o penteado do cabelo, os cadernos na mochila, as fotos penduradas na parede do quarto e as fotos que vê quando abre os olhos e vai dormir. A identidade boxeadora de Izzy firmou raízes tão fundas dentro dela, ficou tão emaranhada junto às suas outras partes, que ninguém sabe se um dia ela conseguirá abrir mão dessa identidade boxeadora para fazer parte do mundo real, onde ninguém sabe quem são as famosas, quem é a melhor boxeadora do mundo e ninguém, ninguém mesmo, sabe quem você é, Izzy Lang.

Daqui a um ano, Izzy Lang se mudará para Chicago, onde passará o resto da vida. A viagem de carro entre Douglas, no Michigan, e Chicago, em Illinois, é de duas horas e meia. Perto, mas também longe o suficiente para deixar claro que Izzy Lang não vive mais ali. Quando estiver com sessenta anos, fará o trajeto três vezes por semana para visitar os pais idosos. Estará quase aposentada. Terá passado boa parte da vida trabalhando na secretaria de uma grande universidade, realizando as incomensuráveis tarefas administrativas que compõem o processo anual de admissão de novos alunos. Terá apreço pela natureza previsível do trabalho. Tal qual uma empreiteira que examina uma edificação bem-feita, Izzy irá se deleitar com a organização metódica das fichas dispostas em caixas: alunos aceitos, em lista de espera, rejeitados, com a matrícula confirmada.

Talvez Izzy Lang pudesse ter feito outra coisa, se tornado arquiteta ou empreiteira ou encanadora, mas talvez ela sempre fosse ter esse emprego na secretaria, e talvez não seja tão mal levar a vida como assistente administrativa. Às vezes, em Chicago, Izzy passa por uma academia de boxe no caminho para o trabalho. Sempre diminui o passo quando chega ali, encantada com o que vai encontrar. Olhar para o que acontece lá dentro será como olhar o próprio reflexo em um espelho esquecido. Quando Izzy Lang estiver com sessenta anos e dirigir até Douglas para visitar os pais idosos, conversará com a mãe. Perguntará, para aquele corpo trêmulo e encurvado: Lembra que eu fui uma boxeadora? O que você achava de ver eu e a Iggy tentando bater uma na outra? Você levou a gente de carro naquela viagem enorme, só porque a gente pediu. Como conseguiu uma folga no trabalho pra fazer aquilo? Algum dia chegou a pensar que talvez você também pudesse ter sido uma menina que usava os próprios punhos pra lutar?

Eu amo lutar com Izzy, pensa Iggy enquanto trabalha um golpe. Amo a cara que ela faz quando eu ganho dela. Amo a sensação de fazê-la perder. É a coisa mais importante do mundo para Iggy. Derrotar uma pessoa em uma atividade que essa pessoa considera a coisa mais importante do que tudo é como esmagar uma mosca. Depois dá para ver as vísceras do inseto esparramadas.

No mundo particular que Iggy construiu para si mesma, ela e Izzy estão mergulhadas em uma longa batalha familiar por amor e respeito. Lutam de igual para igual, ainda que Izzy seja dois anos mais velha. No mundo de Iggy, ela e Izzy podem até chegar a treinar juntas para as Olimpíadas. Talvez acabem indo morar em uma casa no Colorado, naqueles centros de treinamento em altitude que melhoram a resistência, onde poderiam afinar o sangue e, durante as horas de sono, repor o oxigênio. Iggy havia lido algumas coisas sobre o doping sanguíneo e, se tivesse os utensílios certos em mãos, tentaria na hora. Na cabeça dela, o sangue carregado de oxigênio tem a mesma cor púrpura do seu lábio. Todo mundo sabe que o lábio púrpura é a fonte de todos os seus poderes, inclusive do talento que ela tem para perceber quando os pais estão mentindo, quando a irmã mais velha está chapada, ou se vai chover na semana seguinte. Iggy não é daquelas crianças que se acham capazes de mover objetos com o poder da mente, só sabe que sua visão e seus sentidos funcionam de um jeito peculiar e que isso faz com que ela seja melhor do que os outros. Sabe que é diferente da maioria das pessoas e que, aos olhos de muita gente, ela é pior do que os outros. A maioria das pessoas que vivem em Douglas, no Michigan, não sabe quem é Iggy Lang. A maioria das pessoas não sabe que há uma academia em Douglas, no Michigan, e que naquela academia há meninas, de catorze, quinze, dezessete anos, que lutam pelos mundos que construíram para si mesmas, nos quais seus corpos são capazes de projetar medo e poder e existências lendárias. Iggy acredita que o resultado desta luta em Reno vai repercutir em Douglas, no Michigan. Gente que ela conhece e de que gosta, e gente que ela conhece e de que não gosta: todo mundo vai ficar sabendo quem venceu esta luta entre duas primas prodígios do boxe de uma mesma cidadezinha. A revista da CBJF com certeza vai fazer uma reportagem sobre essas primas estranhas e truculentas que lutam de igual para igual. Iggy nem se importa tanto assim com a vitória, o que ela quer mesmo é se tornar uma lenda, fazer parte de uma história maior com início, meio e fim.

O mundo pugilista que Iggy construiu para si mesma paira acima do ringue, na academia em Reno, como um disco enorme e esférico. Logo acima do mundo de Iggy está o mundo de Izzy, e mais acima, espalhados pelo teto, estão os mundos construídos pelas outras boxeadoras. Empilhados, um em cima do outro, tal qual um amontoado de CDs finos e arranhados. Se você estiver no centro do ringue, pode enviar a mente para o alto e fazê-la passar por dentro do furo dos mundos das outras boxeadoras. Pode viajar através das camadas dos muitos futuros diferentes imaginados e das diferentes personalidades de cada menina. Os mundos de Artemis Victor e Andi Taylor são os mais próximos do teto. Estão esmagados contra a claraboia, pois já faz tanto tempo que elas lutaram, tão cedo pela manhã, que quase não dá mais para vê-los. O mundo de Andi está um pouco lascado, com arranhões tão profundos que não dá para saber se aquilo que os olhos alcançam é uma refração de luz. O disco do mundo de Andi está coberto pelo menino com o calção de caminhõezinhos vermelhos e por imagens de Andi saindo vitoriosa da luta que perdeu, algo que agora parece uma bobagem. Que bobagem, achar que qualquer tipo de luta ajudaria você a recuperar a razão depois de testemunhar uma tragédia. O menino, aquela criança com o calção de caminhõezinhos vermelhos, estampa a superfície inteira do disco que carrega a visão de mundo de Andi e paira no ar acima da cabeça de Iggy e Izzy.

O disco do mundo de Artemis Victor está logo abaixo do mundo de Andi Taylor. Está apinhado de fotos da própria Artemis, fotos de Artemis usando vestidos, Artemis em capas de revista, Artemis com maridos, pilhas de maridos em potencial dizendo a Artemis que ela é a melhor de todas, a única mulher, a única coisa para a qual já imaginaram olhar, que dirá segurar nos braços. Um dos maridos se estica e faz carinho no cabelo de Kate Heffer, cujo disco está logo abaixo. O mundo de Kaye Heffer se encontra esmagado entre as psiques de Artemis Victor e Rachel Doricko, o disco desta última trazendo apenas imagens dela comendo carne de vitela e com os pés descalços. O disco de Kate Heffer está repleto de pessoas e coisas orbitando ao seu redor. Em um canto do mundo, Kate observa o céu como se visto numa lente olho de peixe e enxerga todas as estrelas que existem, até as escondidas atrás dos planetas. Em outro canto do disco, ela está dentro de um cômodo, de pé em meio a trinta pessoas que a observam de todos os ângulos possíveis e se sentem satisfeitas com sua presença e primorosas habilidades. Embaixo está o mundo de Rachel, a última membrana em forma de disco que separa as boxeadoras que lutaram mais cedo das duas que lutam agora, as primas lendárias que brigam de igual para igual, as truculentas primas Lang. Essas lutas acontecem rápido demais e devagar demais. Rachel Doricko acha que o boxe alonga o tempo não só quando ela está dentro do ringue mas também quando está assistindo do lado de fora. Rachel acompanha Izzy e Iggy Lang partindo para cima uma da outra como baldes de água sendo atirados. As primas são feitas do mesmo material e ainda assim, de algum modo, de materiais completamente distintos. E não é por causa do lábio púrpura, pensa Rachel. Não é isso que as faz serem diferentes. É por causa dos mundos que construíram para lutar boxe. Por causa do jeito que encaram seu reflexo no espelho. Rachel pode ver, pelo jeito como Iggy luta, que ela tem uma capacidade maior para criar um mundo completo e tangível no qual sua identidade de boxeadora importa. Ainda há mais uma luta depois desta, a que vai fechar o dia, por isso Rachel afasta o olhar dos corpos de Iggy e Izzy e tenta encontrá-las: as duas boxeadoras que faltam, as que ainda não lutaram. Estão ali perto, óbvio, são duas das doze testemunhas. O disco dos seus mundos, a compreensão de si mesmas enquanto boxeadoras, pairam acima do chão, mas abaixo da elevação do ringue. Iggy e Izzy dançam em cima deles. Estão espremidas entre dois grupos de mundos em formato de disco: os quatro que flutuam acima da cabeça, os mundos das meninas que lutaram antes, e os dois que flutuam abaixo de seus pés, os mundos da dupla que vai fechar o dia na academia.

Iggy e Izzy Lang ouvem um barulho de animal durante a caminhada tarde da noite pela ruazinha de North Platte, Nebraska. Um ganido baixinho. O vento o carrega na direção delas e também na direção oposta, como se aquilo que emitia o barulho estivesse se movendo para perto e para longe ao mesmo tempo. Iggy e Izzy Lang seguem na direção do ganido. Conforme caminham, as duas entram e saem dos círculos amarelos projetados pelos postes de luz. O ganido fica cada vez mais alto. Elas saem de um dos círculos de luz e, antes de entrar no seguinte, quase pisam em cima da fonte do barulho, um menininho que deve ser uns seis ou sete anos mais novo do que elas. O que você está fazendo?, Izzy pergunta. Cadê sua mãe?

Uma das coisas que Iggy mais adora em relação a lutar com Izzy é saber que a prima vai se lembrar do momento. A memória de Izzy é motivo de orgulho na família. A mãe a faz decorar a lista de compras antes de saírem para o mercado e Izzy se lembra de tudo. Ela sempre sabe a posição de todas no ranking e de onde vêm as classificações. Lutar contra Izzy, até estar diante dela, significa se tornar uma lembrança eterna em sua mente. E Iggy adora isso, adora pedir à prima que se lembre. Izzy, lembra daquela Páscoa quando eu me enfiei no forno? Izzy, lembra da vovó? Lembra da pele toda enrugada dela? Lembra do nosso treino de terça passada? Lembra do Robert sangrando? Lembra daquelas férias em família quando a gente viu o oceano e eu falei que era o mar aberto?

O brilho da tarde no interior do Bob's Boxing Palace projeta sombras alongadas nas primas Lang. O rosto de Iggy está quase inteiramente na penumbra, de modo que as duas ficam ainda mais parecidas. As panturrilhas de Izzy estão flexionadas, com a lateral partida ao meio por um longo músculo definido. Iggy está tão envolta na penumbra repentina da tarde que é difícil ver onde termina seu corpo e onde começa a sombra cinza empoeirada. Os braços e pernas bronzeados de sol parecem se mesclar com as sombras. Então Iggy golpeia com força e acerta vários socos que valem pontos. Izzy vai se lembrar disso, pensa Iggy. Vai se lembrar deste soco e dos próximos. Meus golpes acertam a memória de Izzy, onde vão passar a existir, junto com os detalhes da nossa família. Talvez seja uma caixa, pensa Iggy. Talvez Izzy tenha uma caixa dentro dela, onde vai guardar a lembrança de perder pra mim aqui e agora.

Quando o menininho em North Platte teve a certeza de ter sido avistado, cessou o ganido para observar as duas. Vem aqui pra luz, ele pediu. Por que você tem essa coisa roxa no lábio?

Esse menino tem cara de minhoca, pensou Iggy. O cabelo, loiro e translúcido, era raspado rente como se ele tivesse feito um tratamento para piolhos ou pulgas. A boca tinha um aspecto amarelado e perebento. Você parece uma meleca de nariz, disse Iggy. O menininho perebento mostrou a língua para elas e voltou a ganir. Acho que ele está fingindo ser um cachorro, sussurrou Iggy. As duas seguiram com a caminhada, dobraram à esquerda e desembocaram em uma rua mais larga. Eu não me incomodaria de ser um cachorro, afirmou Izzy. Cachorros envelhecem mais rápido. Não existe cachorro adolescente. Eles são filhotes por uns meses, aí se tornam adultos e um dia são sacrificados. Acho bem civilizado, Izzy continuou, porque aí você não precisa ser uma coisa pela metade, uma pessoa pela metade, ou seja, uma adolescente, porque quando você é adolescente as coisas passam tanto tempo naquele estado intermediário que parece impossível entender como são de verdade.

Deitada na cama do hotelzinho em North Platte, Nebraska, a mãe de Izzy está meio acordada e meio dormindo. Ela se pergunta, irritada, por que coube a ela levar Iggy e Izzy de carro até o campeonato Filhas da América. Não é ela quem sempre fica levando as crianças para cima e para baixo, tanto as suas como as do irmão? Não é ela que sempre planeja as férias em família? Como é que acabou se transformando na matriarca de duas famílias? Tem um ditado que a mãe dela sempre dizia: seu filho é seu filho até ele arranjar uma esposa, mas sua filha é sua filha até o fim da vida dela. Será que a mãe acreditava mesmo nisso? A mãe de Izzy não se sente assim em relação à filha. Quer que Izzy seja livre para viver sem ela por perto. Se Izzy quiser se mudar para Chicago, ela vai não só deixar, mas incentivá-la. E não se arrependerá disso mesmo décadas depois, quando estiver à beira da morte. Graças a Deus, a mãe de Izzy vai pensar logo antes de morrer. Graças a Deus Izzy tem uma vida em que é mais do que isto aqui, mais do que só minha filha cumprindo todos os meus desejos.

Izzy era mesmo mais do que a filha da sua mãe? Sempre se pergunta isso quando passa pela academia de boxe a caminho do trabalho.

A parte chata de estar perdendo por um round para a prima mais nova de lábio púrpura é que isso pega mal. Izzy Lang recua para dentro de si neste sexto round, entendendo que se pôs na situação delicada de precisar de uma virada. Os ombros tremem, ela não sabe se de choro ou de nervosismo. O lábio e os olhos selvagens da prima estão apontados em sua direção. Izzy é a boxeadora mais talentosa e habilidosa. Ela busca espaço e encurrala Iggy nas cordas do ringue, acertando tantos golpes que o round mal começou e já vai terminar. Neste round, Izzy consegue acertar golpes em todas as partes do corpo que valem pontos. Golpes na cabeça, golpes no abdome, golpes no braço, golpes na costela e golpes que sobem e descem como uma faca que atravessa um naco de queijo.

Iggy consegue sentir as extremidades do corpo se mesclarem à penumbra que está habitando. Tem que abrir caminho e retornar ao feixe de luz da tarde para enxergar com mais clareza o contorno arredondado das mãos enluvadas. Quando começa o round, avança devagar até o centro do ringue, arrastando o corpo na direção da prima mais velha como alguém arrastaria um pano de chão encharcado. O rastro da forma física de Iggy deixa um fantasma de gosma pelo caminho. E aí ela golpeia. Iggy vê seus punhos acolchoados tocarem os ombros da prima. Mesmo com as mãos em movimento, não consegue identificar muito bem onde o próprio corpo termina e onde o resto do mundo começa. Está tão perto de Izzy que quase consegue enxergar uma ponte até ela, um amontoado de partículas de poeira que se infiltra em sua pele e na pele de Izzy ao mesmo tempo. A gente está virando uma coisa só, Iggy pensa. Que nem massa de bolo. As mãos de Iggy se movem lentas e comedidas. Tocar Izzy quase não exige esforço. É como se as partículas entre as duas forçassem uma aproximação, instigando Iggy a chegar mais perto. Iggy começa a achar que, se der um passo em direção a Izzy, talvez consiga entrar dentro dela, colocar o próprio corpo dentro do corpo de Izzy e vesti--lo feito uma jaqueta. O lábio normal de Izzy posicionado em cima da mancha púrpura. O corpo de Izzy, dois anos mais velho e um pouquinho mais baixo, contendo todas as moléculas das duas.

Nos programas policiais, coisas muito específicas precisam acontecer. Tem que haver um corpo. Depois tem que haver um mistério. Depois, uma pista falsa e só então a pista verdadeira. Aí o envolvimento do detetive com o caso começa a ficar meio suspeito ou o crime vira uma questão de ordem pessoal. Depois o culpado é identificado para ser punido ou, por causa de alguma lenga-lenga burocrática, solto. Iggy acredita que todas as suas derrotas no ringue aconteceram por conta da burocracia. O boxe é um esporte com árbitro. Uma presença estúpida, mas necessária. Não pode haver luta sem árbitro, mas é por causa dele que a luta nunca é justa. Iggy imagina como seria lutar com Izzy sem um árbitro ali. Visualiza uma luta sem as restrições de tempo, sem os rounds de dois minutos, o embate transformado em uma verdadeira batalha de resistência na qual a velocidade e a capacidade de se manter de pé são as únicas coisas que realmente importam, porque se for lenta demais você vai ser derrubada e, se não houver ninguém para restringir a outra lutadora, é lá que você vai ficar, um corpo livre de burocracias no meio do ringue enquanto os golpes vêm do alto com tanta força que vai parecer um milagre que alguém já tenha andado com as próprias pernas.

Elas deixaram o menino dos ganidos com cara de meleca de nariz naquela ruazinha e voltaram direto para o hotel. Se enfiaram na outra ponta da cama *queen* com a mãe de Izzy e dormiram também. Acordaram na manhã seguinte e se acomodaram no banco traseiro da van enquanto a mãe dirigia por mais dez horas. Pelas janelas, passavam faixas e mais faixas de milharal. Pés de milho alinhados em fileiras tão retas que, por conta da alta velocidade do veículo, apareciam e saíam de vista feito borrões. As linhas borradas de milho pareciam triângulos trepidantes. Iggy mal fixava o olhar em uma delas e ela já se amalgamava nas seguintes. Passou horas e mais horas observando as fileiras do milharal e deixando a mente esquecer a forma daquelas linhas. Gosta da sensação de observar algo e saber que o que está diante dos olhos não é o aspecto real da coisa. Vai ver essas linhas são mesmo triângulos, pensa Iggy. Ou então os puristas das fileiras só não querem admitir que são fileiras e triângulos ao mesmo tempo.

Se esta luta fosse um programa policial, Iggy e Izzy teriam chegado naquele momento do episódio em que o crime vira uma questão de ordem pessoal. Não se trata mais de um assassinato qualquer, mas de uma armadilha muito bem elaborada, feita especialmente para os detetives com o objetivo de enredá-los em uma trama criminosa muito maior. O que está em jogo aqui: se Iggy perder, ela ainda tem mais três anos para remediar a história e se tornar a vencedora, mas, se Izzy perder, este é o último ano em que poderá participar do campeonato Filhas da América por causa do limite de idade, e aí terá que se encarar no espelho e encaixar esse fato em sua identidade de boxeadora, só que ela não vai conseguir fazer isso, não tem como Izzy perder esta luta e ainda continuar acreditando que é uma boxeadora, e é agora que se dá conta disso, e ao se dar conta disso começa a abrir mão da ideia de si mesma enquanto boxeadora. É como tirar uma jaqueta. Está quente demais nesta academia de merda para ficar usando tanta roupa assim. Iggy acerta tantos golpes na cabeça de Izzy que os juízes encerram o round imediatamente. Izzy precisava de uma virada, mas não conseguiu e agora resta observar a prima mais nova de lábio púrpura levar a melhor. Iggy dá baforadas histéricas, solta fumaça pelo nariz, arranca o protetor bucal para berrar, berrar na cara de Izzy sobre como a prima é estúpida. No meio do ringue, Iggy berra: Izzy! Sua burra maldita. *Era pra você ganhar o campeonato.*

O corpo de Izzy resplandece. Há um calor que irradia dele. O suor parece até azeite. A luz da tarde cria listras de um branco ofuscante nela. Um brilho tão intenso que, ao tocar o corpo de Izzy, rejeita a própria ideia dela, e a pele deixa de ter a cor da pele para se tornar a ausência de cor. E, uma vez que a memória de Izzy é seu maior trunfo, ela se lembrará deste momento perfeitamente. Ela se lembrará de Iggy aos prantos e berros, e de como foi difícil enxergar a prima, como foi difícil enxergar qualquer coisa, na verdade, porque a luz lá fora se tornou tão oblíqua com o passar das horas que acabou por fatiar tudo o que havia dentro da academia.

Assim a luta se encerra e o sol se põe logo abaixo da janela e a academia inteira é mergulhada em uma forte penumbra. As doze testemunhas não conseguem mais enxergar por causa da repentina ausência de luz, seus olhos escurecendo. É então que as luzes do teto se acendem automaticamente. Luzes grandes, redondas e fluorescentes, contidas em gaiolas. O processo é meio demorado, então leva um tempo até atingirem a luminosidade certa. Izzy continua dentro do ringue, besuntada de suor, eliminada do torneio pela prima mais nova de lábio púrpura. As luzes fluorescentes no teto começam a ganhar força. Elas estão aquecendo, pensa Iggy, estão se preparando para abraçar o corpo das boxeadoras da última luta. As lâmpadas emitem um zunido audível à medida que ganham força. Iggy e Izzy se retiram do ringue. Enquanto enfiam o corpo entre as cordas puídas, abaixando a cabeça e depois a erguendo ao atingir o ar do lado de fora do ringue, Iggy começa a sentir uma pinçada na nuca, como se alguém beliscasse a pele com o dedão e o dedo indicador. O nariz dói, mesmo sem ter sido golpeado em cheio. Iggy sente como se o corpo forçasse as próprias extremidades, acorcovando-se e contraindo-se e expandindo-se. Quando salta do ringue elevado para o piso da academia, se põe de quatro no chão e começa um alongamento. Arredonda as costas e empurra a coluna em direção ao teto. As protuberâncias da coluna aparecem na forma de pequenas bolotas com um perfeito espaçamento. O lábio púrpura de Iggy está pulsando. Ela parece menos um cachorro e mais uma alienígena, um ser extraterrestre que não é humano e tenta convencer um humano do contrário. Que coisa mais estranha, pensa Iggy, viver dentro de um corpo assim. A vitória ainda não se assentou na parte frontal da testa. Iggy não queria derrotar Izzy, mas sente que a prima não ofereceu nenhum modo de evitar a derrota. Na viagem de carro de volta para Michigan, a mãe de Izzy deixará o rádio num volume tão alto que as meninas não precisarão trocar palavras entre si. Estão quietas como se tivessem acabado de se divorciar, pensa a mãe de Izzy. Izzy fará a viagem deitada na última fileira da van, ocupando três assentos inteiros e dormindo com uma toalha em cima da cabeça. Já Iggy ficará acordada, na expectativa de que por baixo daquela toalha a prima esteja cumprindo o dever familiar de registrar o torneio inteiro na memória. Ela quer que a prima se lembre de todos os detalhes da luta, de tudo o que as duas comeram no café da manhã. Quer que Izzy se lembre de que aquele torneio era para ter sido dela, que todo mundo sabia disso, e que até mesmo a própria Iggy disse isso ao fim da luta, em voz alta, para todas as testemunhas ouvirem.

Assim que a luta termina, Izzy sai da academia o mais rápido possível, querendo colocar um ar fresco dentro de si, que não seja do Bob's Boxing Palace. No interior da academia, tinha a sensação de expelir poeira sempre que soltava uma baforada. Ela não é de chorar. Não está indo lá fora para isso.

Caminhando depois da luta, Izzy passa na frente de outros armazéns. Consegue ver, ao longe, as montanhas do deserto atrás da cidade de Reno. Têm um aspecto sedento e marrom. As ondulações em suas encostas são suaves, não escarpadas. A textura lembra aquelas pedras de praia que foram polidas com força até ficarem lisas e desgastadas. A derrota no ringue faz Izzy se lembrar de quando as duas famílias, a dela e a da prima, foram passar as férias em San Francisco para ver o oceano. Saíram de Douglas, no Michigan, e a viagem de carro foi longuíssima. Elas tinham cinco e sete anos, algo que na escala de idade das crianças simbolizava décadas de diferença, mas ainda assim Izzy sentia que Iggy estava sempre um passo à frente. O pai de Iggy e a mãe de Izzy se revezavam ao volante. Demoraram quatro dias para chegar à Califórnia e só no quinto alcançaram o oceano. A primeira coisa que fizeram ao adentrar o perímetro urbano de San Francisco foi ir até a praia. A mãe de Izzy queria tirar um cochilo, fazer o check-in no hotelzinho que a família reservara, mas foi vencida pelo resto dos parentes, que diziam: Para de besteira, a gente quer colocar o pé na água gelada. Uma das coisas mais curiosas de Douglas é que ela se diz uma cidade litorânea. Está aninhada às margens do lago Michigan e só é a cidade que é por conta desse lago. Não era de espantar, então, que Iggy e Izzy não soubessem muito bem o que os pais queriam dizer quando usavam a palavra "oceano". Não dá para enxergar a outra extremidade do lago Michigan, assim como das areias de uma praia da Califórnia não dá para enxergar o Havaí. Enquanto atravessavam de carro a cidade de San Francisco, Izzy não acreditava que uma hora encontrariam um oceano. Como algo tão imenso quanto um oceano poderia estar escondido perto de todos aqueles prédios? Por fim, a cidade começou a rarear, dando lugar a algumas mansões. A van da família galgou uma colina íngreme onde o azul da água preencheu a visão emoldurada da janela, em seguida desceu por um parque cheio de árvores até alcançar um estacionamento onde a areia soprava sobre as espessas linhas amarelas que delimitavam as vagas. Izzy ainda era tão pequena que, mesmo na cadeirinha elevada, tinha dificuldade em ver o que havia lá fora. Seus olhos só alcançavam o lado exterior se esticasse a cabeça e usasse os braços para erguer o tronco. A mãe então abriu a porta e a tirou do veículo. As duas primas correram em direção à areia, que ficava ao final de uma descida bem inclinada. Era uma colina de areia, e as duas tropeçaram e se ergueram e continuaram a correr, de modo que a descida pelas dunas se transformou em uma cambalhota a quatro pernas, em parte corrida, em parte tropeço, em parte corrida de novo, a velocidade da descida cada vez maior para que alcançassem aquilo, aquele oceano, o mais rápido possível dentro dos limites dos pequenos corpos. Os pais desciam logo atrás, mas estavam tão longe que Izzy não registrou sua presença na memória. Assim que começou a se aproximar da água, ela percebeu que o oceano era violento. Escutou o quebrar das ondas e, ao chegar perto, notou que eram gigantescas. Mais ao longe, ilhas rochosas imensas se erguiam em meio à água. Pontiagudas e serrilhadas, com as extremidades tingidas de branco. O entorno da costa também era pontiagudo e irregular. A enseada tinha um aspecto violento, como se metade tivesse desmoronado dentro do oceano e a outra metade pudesse fazer o mesmo a qualquer instante. As praias de Douglas, no Michigan, não chegavam nem perto daquilo. As praias de Douglas, no Michigan, pareciam água de banheira. Fui criada em água de banheira, pensou Izzy. Não acredito que já usaram a palavra "onda" pra descrever aquela marolinha lá de casa. A coisa imensa que vem quebrar aqui na praia da Califórnia, isso sim é uma onda. É assim que elas são pintadas. As ondas que vão parar em quadros lembram as ondas da Califórnia, porque as ondas da Califórnia são o que as ondas do lago Michigan estão imitando. Izzy se aproximou da água e notou que soltava espuma. No traçado que demarcava o fim da onda apareciam fantasminhas de espuma. Caberia quatro de mim nessa onda, Izzy pensou enquanto acompanhava a água que se erguia para então quebrar bem na frente dela. Iggy veio correndo e parou ao seu lado. Estava histérica de alegria e sem fôlego. Elas tinham passado tanto tempo juntas no carro e agora aqui estavam, duas primas que viam o oceano pela primeira vez. Iggy exclamou: É o mar aberto! Izzy não entendeu. Achou que Iggy tinha dito uma palavra só, "marberto", o que não fazia o menor sentido. Foi só mais tarde, já no Marina Motel, que Izzy chegou à conclusão de que a prima muito mais nova, estranha e feiosa, de lábio púrpura, sabia mais coisas do que ela. O lábio púrpura trazia em si a capacidade de saber mais coisas. Izzy era a mais velha, deveria ter mais conhecimentos, mas não, era Iggy quem já conseguia ver que uma coisa podia ser duas coisas ao mesmo tempo.

Em Reno, Izzy observou o sol se pôr atrás das montanhas suaves, perfeitas para descer de cambalhota. Eu sou o sol, ela pensou, e minha prima é um animal. Iggy sempre quisera ser um animal. Dentro do Bob's Boxing Palace, Iggy remove as luvas e seca o rosto com uma toalha para assistir à última luta do dia. Sob as lâmpadas fluorescentes da academia à noite, as próximas duas boxeadoras são atrizes prontas para subir ao palco. Seus gestos são demorados, exagerados. As expressões faciais, sinistras e hiperbólicas. Ao entrar no ringue para dar início ao primeiro round, o árbitro parece quase um magistrado abominável tentando discursar para o povo em tempos de guerra. Nenhuma das duas meninas olha para ele. Essas meninas da última luta só olham uma para a outra. Assim que as duas se encararam, o ar da academia se infiltrou no tórax das testemunhas. Iggy sentou em cima dos calcanhares para assistir. É que nem um programa policial, ela pensou. Nesses programas, coisas muito específicas precisam acontecer. As meninas da última luta têm que começar com o cadáver. Depois tem que haver o mistério. Depois, uma pista falsa e só então a pista verdadeira. E, aí, uma delas vai vencer.

Rose Mueller
vs.
Tanya Maw

Não há vencedoras nas brincadeiras de bate-palma. Você pode até ser repreendida por cantar fora do ritmo ou esquecer a letra da cantiga, mas não há vitória de uma única participante. Brincadeiras desse tipo existem apenas no estado de brincadeira, ou então no estado de repouso. Ainda assim, há certa competitividade. Existe a pressão, passada de uma menina para outra, de continuar a bater palmas, recitando a cantiga trava-língua e sem-vergonha até não dar mais. Essa competitividade se faz presente no desejo da dupla de meninas de persistir até o limite. As letras das músicas não têm fim. O refrão é retomado e assim a brincadeira acontece vez após vez, a frase que antes sinalizou o fim se tornando a frase que sinaliza o início.

Conforme o árbitro se prepara para dar início à quarta luta no armazém escurecido, dentro do qual restam apenas nove espectadores, também há aqui a insinuação de um loop, ou então a sugestão de algo que se repete, uma ranhura circular dentro da qual o torneio posicionou sua própria narrativa.

O desejo de vitória faz as boxeadoras desta última luta assumirem uma aparência caricaturesca. As duas exibem carrancas, parecendo atrizes.

As lâmpadas industriais instaladas no Bob's Boxing Palace projetam um branco onipresente, tal qual a iluminação que se vê em um teatro. No palco, a maquiagem precisa ser duas vezes mais carregada para ser notada pelos olhos da plateia. É por causa disso que, neste ringue mergulhado na luz artificial, as faces de Rose Mueller e Tanya Maw são de um branco monocromático. O cabelo de Rose Mueller é tão curtinho que quase nenhum fio escapa por baixo do capacete. O cabelo de Tanya Maw é longo e foi dividido em duas tranças amarradas de modo circular. Os dois anéis de cabelo se espicham para fora do capacete, formando argolas murchas que se penduram por cima das costas. Tanya Maw contrai os ombros sobre o centro da coluna. Ela empurra as mãos na direção de Rose Mueller, e Rose Mueller estica as próprias mãos de volta. Não é uma brincadeira de bate-palma, mas há um ritmo nas batidas. Tanya Maw consegue ouvir as cantigas da brincadeira enquanto seus punhos tocam os de Rose Mueller. Eu sou uma atriz, Tanya Maw declara mentalmente para si mesma. Tanya Maw precisa interpretar o papel da vencedora.

A cantiga de bate-palma mais famosa que Tanya Maw conhece é aquela do coelhinho, na qual o palavrão que encerra a última estrofe se metamorfoseia na palavra "coelhinho" e assim a cantiga inteira recomeça. Ela adorava essa brincadeira, mas agora que tem dezessete anos já está velha demais para isso. Era fascinante ouvir até as colegas mais certinhas e comportadas botarem na boca uma palavra que oscilava entre corriqueira e malcriada. A transformação ocorria com a palavra ainda alojada dentro da garganta. Tanya conseguia enxergar a palavra mudando de forma, a vogal *u* se alongando de modo a abrir caminho para *coelhinho*, duas letras diferentes que bolavam uma artimanha e assim faziam o mesmo som. Quando menina, Tanya Maw passara horas imersa nessas brincadeiras de bate-palma e observara as minúsculas esculturas compostas pelas palavras metamorfoseantes na língua das colegas. Assim que chegavam ao fim de um versinho, Tanya notava que a escultura da palavra mudava de forma, deixando de ser uma coisa para se transformar em outra, algo proibido, e então essas esculturas acabavam cuspidas em um montinho no chão, entre as duas meninas envolvidas na brincadeira. Quanto maior o número de versos cantados, maior o número de esculturas de palavras proibidas. Naqueles tempos de menina, essas esculturas se amontoavam por todo o parquinho. Era um cemitério das brincadeiras de bate-palma que haviam acontecido mais cedo. Tanya Maw nunca viu Rose Muller na vida, mas o modo como Rose cerra os dentes ao redor do protetor bucal faz Tanya pensar que ela está prestes a cuspir uma escultura de palavras proibidas. Há algo asqueroso dentro da boca de Rose Mueller.

Tanya Maw e Rose Mueller não estão fazendo uma brincadeira de bate-palma. Estão lutando. Mas existe algo de colaborativo na forma como se posicionam. Quando Tanya Maw estica o punho, Rose Mueller faz questão de saudá-lo. Quando Rose Mueller dá um passo para a frente com a perna esquerda, Tanya Maw dá um passo para trás. Em teoria, o árbitro também está no ringue com elas, mas o árbitro é um zé-ninguém. É menos do que uma pessoa. Árbitro, treinadores e juízes, todos eles tão profundamente apartados. Acham que esta luta também é deles, que detêm algum poder, mas a verdade é que Tanya Maw e Rose Mueller não querem dividir o poder com ninguém. Essa coisa que se desenrola entre as duas não tem nada a ver com os juízes. Árbitros, e treinadores também, são meio como os professores que supervisionam os intervalos entre uma aula e outra. Existem apenas para enunciar as regras que regem aquele intervalo de tempo. Jamais se envolvem na politicagem, nos dramas colossais que se desenrolam naqueles minutos entre uma aula e outra.

Os treinadores de Rose Mueller e Tanya Maw já se conhecem. Faz mais de dez anos que treinam pugilistas da categoria juvenil, atletas que competem entre si. Não são amigos próximos, mas ainda assim combinaram de sair esta noite. Ficaram animados quando a Copa Filhas da América anunciou que a edição deste ano aconteceria no Bob's Boxing Palace, em Reno. Estão empolgadíssimos com os cassinos que oferecem bebida de graça. Tanya Maw acerta um golpe que faz os dois homens berrarem. Quando Tanya Maw e Rose Mueller os espiam pelo canto do olho, veem apenas os corpos, os rostos não passando de um borrão.

Quando Tanya Maw olha para Rose Mueller, vê uma menina com cabelinho de cantor de *boy band* com olhos de raios laser.

Há algo inebriante em praticar um esporte no qual é necessário encarar a adversária nos olhos. Tanya Maw olha bem para Rose Mueller e se questiona se é por isso que gosta tanto de lutar boxe e fazer teatro. Afinal, são poucas as atividades que permitem a intimidade de uma bela encarada.

Quando Rose Mueller olha para Tanya Maw, vê orbes que lembram planetas anuviados. No canto do olho esquerdo de Tanya Maw há um pontinho preto à deriva. Como se um pedacinho da pupila tivesse se desgarrado para orbitar uma lua negra. Rose Mueller acha que viu esse pontinho fazer um movimento circular. Ela golpeia Tanya Maw e o golpe começa a tingir de roxo as costelas da outra.

Rose Mueller cresceu na cidade de Dallas. Os parquinhos de sua infância se espalhavam pelos muitos subúrbios que agiam como satélites para o estranho coração em neon da metrópole. Nos parquinhos de Dallas, Rose Mueller aprendeu as mesmas brincadeiras de bate-palma que Tanya Maw fazia em Albuquerque, ainda que alguns versos fossem um pouco diferentes, como se os grupos de meninas e suas palmas estivessem conectados por um telefone de latinhas e barbante que se estendia por mais de mil quilômetros. Aqui em Reno, Tanya Maw já sabe quem é Rose Mueller e vice-versa, mas elas não sabem que compartilham um mesmo cânone de bate-palma. As duas trocam golpes rápidos e certeiros. O cabelo curtinho de Rose está empapado, colado na cabeça. Capacete e cabelo agora parecem feitos do mesmo material. Ela imagina que o corpo inteiro é feito com a espuma de alta densidade do capacete. Com o passar do tempo e do sol, essa cabeça de espuma de alta densidade começa a rachar. Quando a luta começou, Rose tinha certeza de que conseguiria fazer Tanya Maw rachar. Mas o sol já se pôs e não pode mais ajudar. As duas boxeadoras lutam debaixo dos refletores. Os punhos de Rose Mueller avançam e recuam. Ela cerra os olhos na direção de Tanya. Tanya cerra os próprios olhos em resposta para devolver o golpe.

As irmãs mais velhas são as grandes responsáveis por movimentar a rede invisível que transmite as brincadeiras de bate-palma para as meninas dos Estados Unidos. O ideal é aprender com aquelas que acabaram de deixar a meninice para trás e começaram a dirigir. Caso não exista uma irmã mais velha em casa, é necessário obter acesso à irmã de uma amiga. Por mais que a brincadeira seja ensinada pela geração anterior, quando introduzida a um grupo de meninas se espalha feito piolho. Se alguém diz que apareceu uma nova cantiga, é preciso aprendê-la o mais rápido possível. Se a brincadeira (Babalu é Califórnia, por exemplo) começar a circular durante o recreio da terça-feira, é necessário decorá-la até o recreio da quinta-feira. É assim que o repertório se constrói e se consolida. Ainda que sejam indispensáveis para a transmissão, as irmãs mais velhas também são as grandes culpadas por ensinar versos incorretos. A memória não é perfeita. É por conta disso que meninas de diferentes estados acabam produzindo versões alternativas e novas de uma mesma brincadeira.

Daqui a muitas décadas, Tanya Maw se tornará atriz, na verdade. Fará uma especialização e aprenderá a encaixar o próprio rosto dentro do rosto de outras pessoas.

Algumas brincadeiras de bate-palma são para grupos inteiros, e não só para duas meninas. Nesses casos, as participantes devem formar uma roda, em pé ou sentadas no chão. São brincadeiras mais próximas do pega-pega do que da dança. Para começar, é preciso tocar nas mãos de duas outras meninas. Em seguida, os versos são cantados e tem início uma reação em cadeia de palmas e mãos que se batem, até que a menina que recebe a última batida de mão no último verso precisa percorrer o perímetro para pegar alguma das outras participantes — ou sair da brincadeira. A cantiga recomeça e, conforme esse jogo circular vai progredindo, dois grupos se estabelecem: as meninas que ainda estão na roda e as que foram postas para fora. Só quando sobra uma única menina, a vencedora, é que as meninas postas para fora voltam para a roda. É a vencedora que decide a hora de recomeçar a brincadeira. No campeonato Filhas da América, a brincadeira recomeça de imediato, assim que a competição se encerra. O comitê da CBJF sempre planeja as edições com dois anos de antecedência. As boxeadoras já sabem onde vai acontecer a Copa Filhas da América do ano que vem e a do ano seguinte. Batem palmas e com as mãos eliminam as adversárias, mas sabem que precisarão convidá-las de volta para a roda. Sai do ringue, Tanya Maw pensa em direção a Rose Mueller. Sai daqui, anda — eu vou ganhar agora e aí depois você pode voltar.

Rose Mueller e Tanya Maw estão empatadas após os dois primeiros rounds. Os nove espectadores restantes estão em êxtase. Envolvidas de corpo e alma, apenas porque se encontram ali.

Iggy Lang, Artemis Victor e Rachel Doricko observam em silêncio. Sentadas cada uma em um canto. O barulho dos golpes acerta os ouvidos das três feito gotas de chuva. Golpes barulhentos, retumbantes, corpulentos.

Tanya Maw interpretará centenas de papéis em sua carreira de atriz. Jamais será famosa o suficiente para não precisar de outras fontes de renda, mas acabará conquistando uma certa notoriedade em papéis de vovó quando estiver velha e frágil. Interpretar vovós será fácil, pois são elas que dizem em voz alta o que está na cabeça de todo mundo. Tal como as crianças e os bobos da corte, as vovós não precisam respeitar as mesmas regras que o resto da sociedade. Elas têm permissão para deixar seus sentimentos estampados no rosto. A brutal honestidade necessária para interpretar esse papel fará Tanya Maw se tornar uma excelente atriz-vovó. Sempre achou difícil esconder o que realmente achava de uma situação. E então, no fim da vida, enfim terá a chance de se tornar mais ou menos famosa por conseguir transformar o próprio rosto em uma máscara translúcida. Não precisa esconder o que pensa sobre os outros personagens ao seu redor. Na versão vovó, Tanya Maw nunca precisa ser gentil.

Uma amiga de Rose Mueller tinha uma gata chamada Janela. Aqui, no Bob's Boxing Palace, em plena luta, Rose Mueller imagina uma janela no formato de uma gata e uma roseira no formato do próprio corpo. Rose Mueller avança contra Tanya Maw, faz um jogo de pernas para a direita e depois para a esquerda, vai para a esquerda mais uma vez e vê suas pernas se metamorfosearem em flores. Os braços se tornam trepadeiras emaranhadas, repletas de rosas e espinhos, e na ponta do braço, onde antes ficava a luva de boxe, aparece um buquê de flores cor-de-rosa. O ramo de flores atinge em cheio o rosto de Tanya Maw.

Em uma das personagens vovó, Tanya Maw interpretará uma viúva que orquestrou o assassinato do marido ao mesmo tempo que a melhor amiga dela (também uma senhora de idade) planejava o assassinato do namorado. O filme de comédia se tornará conhecidíssimo. Muitos anos depois da morte de Tanya, professoras substitutas de história o usarão como trunfo para ocupar as turmas de ensino médio. Todo mundo sempre diz que é uma narrativa saudável e engraçada.

Rose Mueller vai morrer muito antes que o filme de duplo homicídio de Tanya Maw chegue às telas do cinema. Rose se tornará uma aldeã, aquele tipo de gente que morre a menos de dois quilômetros de onde nasceu. Isso não quer dizer que ela não seja, ou que não fosse, capaz de mudar. Carrega em si certa constância. Uma assombrosa aptidão para determinar o que deve ser questionado e o que deve ser aceito. Deus, por exemplo, é uma coisa que ela acha um pouco complicada. Em Dallas, a aldeia onde Rose Mueller nasceu e onde morrerá, todo mundo que ela conhecia, incluindo a família, as colegas das brincadeiras de bate-palma da mais tenra idade, até mesmo o homem com quem acabará administrando uma rede de academias para pessoas que querem perder peso, toda essa gente acreditava em Deus como se fosse tão óbvio quanto conferir a previsão do tempo. Todos os cômodos da infância de Rose tinham um crucifixo na parede. Mesmo no fim da vida, ela ainda se recordará da coreografia de uma missa. Levantar, sentar, levantar, sentar, ajoelhar, cantar o salmo, levantar, sentar e todo o resto — o jeito como as pessoas se comportavam na missa nunca condizia com a mensagem dos cânticos —, todos esses movimentos, mecânicos e repetitivos, se perpetuarão na memória dela como a parte mais sincera e mais pagã de Deus. Quando criança, Rose Mueller ouvira que era feio fazer perguntas. Era quase um alívio ir à missa e apenas seguir as instruções. Mas aqui em Reno, na pele de uma boxeadora de dezessete anos e cabelo curtinho, não há instruções. Ninguém a manda encostar o punho no ombro de Tanya Maw. Ninguém a manda levantar um pouco a guarda esquerda. E é por isso que Tanya Maw acerta o soco. O terceiro round chega ao fim e os juízes declaram a vitória de Tanya. As duas meninas partem para seus respectivos cantos do ringue.

Outra coisa que as irmãs mais velhas costumam ensinar é como fazer tranças no cabelo. Tanya Maw tem uma irmã, embora ela não esteja aqui em Reno. Foi essa irmã quem a ensinou a fazer tranças no cabelo e a brincar de bate-palma. A irmã é dois anos mais velha, a diferença de idade ideal para a transmissão do saber. Foi no grande tapete *kilim* redondo, disposto na casa ao estilo rancheiro onde as duas cresceram, na cidade de Albuquerque, que a irmã de Tanya Maw lhe mostrou como fazer tranças no cabelo. A irmã pegou as mãos de uma Tanya de oito anos e separou bem seus dedos. Pegou as mãos de Tanya e mostrou como posicionar o cabelo na frente dos ombros de maneira uniforme, dividido bem ao meio em dois tufos que podiam ser segurados no topo da coluna vertebral. Primeiro você faz a maria-chiquinha, disse a irmã de Tanya Maw. Uma das grandes motivações para ensinar a irmã mais nova a fazer tranças no cabelo é se livrar da obrigação de ter que trançar o cabelo dela. A trança clássica é bem simples: três pequenas mechas entrelaçadas, que juntas constroem algo mais plano e volumoso. Só que há também a trança espinha de peixe, a trança embutida, a trança holandesa com maria-chiquinha e a trança diagonal, explica a irmã de Tanya Maw. Dá pra trançar o cabelo inteiro ou só algumas mechas, explica a irmã. Existem incontáveis maneiras de transformar pequenos chumaços de cabelo em uma coisa mais encorpada.

O grande tapete *kilim* redondo disposto na casa ao estilo rancheiro onde Tanya Maw e a irmã cresceram, na cidade de Albuquerque, foi o palco no qual se desenrolaram incalculáveis momentos de transmissão do saber. Foi também o palco das tragédias familiares. Foi ali que as irmãs ouviram dos pais que um primo morrera esmagado enquanto brincava num elevador antigo. Foi ali que ouviram a mãe dizer, pela primeira vez, que deixaria o pai delas. Foi ali também que viram a porta da frente se abrir, a mãe girar a maçaneta e cuspir no chão bem na frente do marido. Era inverno. Quando Tanya Maw olhou pela janela, viu pegadas na neve que não levavam a lugar nenhum. Deveria ter havido algum carro esperando a mãe. Vem, eu faço uma trança no seu cabelo e você faz outra no meu, convidou a irmã mais velha. É no palco adornado pelo grande tapete *kilim* redondo que Tanya Maw aprenderá, pela primeira vez, a encaixar o próprio rosto dentro do rosto de outras pessoas.

Na vida de Tanya Maw, o boxe é algo que só aparecerá depois. Ela fará a primeira aula com a amiga de uma amiga. Lutar boxe é melhor do que ficar sozinha em casa, só ela e o pai. As peças de teatro da escola só acontecem duas vezes por semestre. A essa altura, a irmã mais velha também terá ido embora, mas não para sempre como a mãe delas havia feito no inverno.

Isso não quer dizer que todas as participantes do campeonato Filhas da América entram no ringue para espantar aos socos alguém que já morreu. A mãe desaparecida no inverno de Tanya Maw e o menino morto com o calção de caminhõezinhos vermelhos de Andi Taylor são coisas que pairam acima das meninas durante as lutas, mas são também presenças que as acompanharão para além dessas lutas. As pessoas desaparecidas são parte dessas boxeadoras. Tal como um vírus, estão incubadas no corpo das meninas, na lacuna entre as vértebras na espinha dorsal. Bem quando Tanya Maw acha que a lembrança da mãe partindo esvaneceu, aqui está ela de novo, na frente do cérebro, no espaço entre os olhos. Lutando com Rose Mueller, Tanya Maw começa a vislumbrar o grande tapete *kilim* redondo disposto na casa ao estilo rancheiro na cidade de Albuquerque. Está aqui dentro da academia, num canto distante. Os fios vermelhos e azuis se alternam de maneira constante, começando do centro e se estendendo até as bordas. Sentada em cima dele está a irmã mais velha. Ajoelhada, com o traseiro encostado nos pés. Como Tanya Maw, a irmã também usa o cabelo em tranças espessas amarradas de modo circular. Brinca de bate-palma no tapete, só que não há ninguém para brincar junto então ela bate palmas mudas pelo ar, repetindo movimentos em silêncio, enunciando sem som as palavras de cantigas malcriadas de um jeito que só Tanya consegue ver. Só Tanya Maw consegue escutar a voz da irmã. A irmã de Tanya Maw perde seu lugar na roda e precisa começar a brincadeira de novo. O quarto round está quase no fim, faltam só dois minutos para acabar. O relógio digital com números em vermelho, posicionado na mesa dos juízes, faz a contagem regressiva das últimas possibilidades de golpe.

Assim como Andi Taylor, Tanya Maw também veio sozinha de carro até Reno. Tampa, na Flórida, é muito mais distante do que Albuquerque, no Novo México.

Na cabeça de cada uma dessas meninas, há uma pequena esfera, do tamanho de um feijão-vermelho. Está posicionada debaixo do osso, acima do nariz, no meio dos olhos. Dentro dela, há uma sopa de tudo o que já aconteceu na vida das meninas. É do seu feijão-vermelho que Tanya Maw consegue ver o grande tapete *kilim* redondo disposto na casa ao estilo rancheiro em Albuquerque. Uma versão em miniatura do tapete, um tapete do tamanho de uma pulga, existe no interior do feijão que habita a mente de Tanya Maw.

Dentro do feijão-vermelho de Rose Mueller habitam versões em miniatura de crucifixos, barras olímpicas, shopping centers e todas as placas em neon que iluminam o centro da cidade de Dallas. Ali também estão dietas para perder peso, o marido e as primas. Durante a luta, os feijões-vermelhos de Rose Mueller e Tanya Maw começam a latejar e a sopa vaza na mente delas. O grande tapete *kilim* redondo disposto na casa ao estilo rancheiro em Albuquerque escorre por entre os olhos de Tanya Maw. Ela desvia o olhar e percebe que a irmã mais velha ainda bate palmas mudas pelo ar. Tanya Maw acerta o ombro de Rose Mueller. Os juízes declaram a vitória dela e agora a luta está 3-1. Foi nas tardes depois da escola, quando não havia peça de teatro para ensaiar, que Tanya Maw aprendeu a acertar um soco na cara de alguém, o que é muito diferente de aprender a encaixar o próprio rosto no rosto de outras pessoas. A mão direita de Tanya Maw é ótima na hora de socar Rose Mueller, só que a esquerda é ainda melhor. Tanya Maw descobriu que tinha talento como atriz quando uma pessoa da plateia veio abordá-la após uma apresentação e disse: "Você deve ter perdido sua irmã. Porque eu perdi a minha. E quando a irmã da Nicole morre, deu pra ver pela sua cara que sua irmã também já morreu, a sua, não a da personagem". Tania Maw não desmentiu a declaração. "Obrigada", foi a resposta. "Obrigada por ter observado que eu perdi minha irmã." Começa o quinto round e Tanya Maw golpeia Rose Mueller no ombro.

Tanya Maw e Rose Mueller são lutadoras impiedosas. Desferem golpes cruéis e certeiros. Não recuam depois que o golpe entra. Condensam a força do corpo inteiro para fazer o ataque. Os braços são musculosos, mas a verdadeira força está claramente nas pernas. Debaixo dos refletores do Bob's Boxing Palace, as coxas escorregadias e suadas parecem menos as pernas de duas humanas e mais as de um animal. A distância entre elas é tão ínfima que, olhando de longe, dos cantos da academia, parecem dois pedaços de um mesmo animal, as quatro patas de um só corpo. As quatro patas cambaleiam e colidem e vacilam e e retrocedem e rosnam e então se separam e se sentam. São dilaceradas e então unificadas uma vez mais para o quinto round.

Rachel Doricko assiste à luta, mastigando a cauda de guaxinim que adorna o quepe ao estilo Daniel Boone. Ela acha que as duas boxeadoras lutam de igual para igual, mas que os golpes de Rose Mueller fazem um estrago maior. Quando os golpes de Rose Mueller entram, Rachel Doricko pensa que dá para sentir seu impacto trepidando na sola dos pés. Está com olhos vidrados em Rose Mueller. Se há alguma brecha na base dela, é imperceptível ao olhar de Rachel Doricko. Os pés, pensa Rachel Doricko, acho que talvez os pés dela fiquem abertos demais?

As meninas que participam do campeonato Filhas da América não conversam entre si antes da luta começar. Não há lugar para palavras dentro da academia. Aqui dentro prevalece a linguagem dos animais — odor e tato e som. O punho enluvado de Rose Mueller é uma pata que pressiona o tórax de Tanya Maw. Os punhos de Rose Mueller e Tanya Maw colidem e depois batem em retirada. Elas se movimentam pelo ringue inteiro, com velocidade e vigor.

Dentro do feijão-vermelho de Rose Mueller, naquela pequena sopa entre os olhos, estão guardadas as recordações de todas as brincadeiras de bate-palma que ela já aprendeu na vida. Ali também estão as habilidades que ela domina tão bem que não conseguiria explicar o passo a passo para executá-las e, às vezes, até esquece que é capaz de desempenhar. É onde estão guardadas a estranha coreografia da missa na igreja e as regras dos jogos de baralho, além de ser o local em que seu gancho esquerdo saltador prospera. Quando Rose Mueller estiver mais velha, ainda nos subúrbios de Dallas, ainda uma aldeã na aldeia onde nasceu e onde morrerá, ela vai se recordar do gancho esquerdo saltador que dominava tão bem e se perguntar se ainda é capaz de fazê-lo — será que, mesmo depois de tantos anos, esse golpe ainda habita sua mente? E então lá estará ele, saído do corpo para o mundo, no ar. Ela vai estar sozinha na academia que administra junto com o marido e será surpreendida pelo gancho esquerdo. Sairá do corpo dela ao ser convocado. Vai se estender do braço em direção ao boneco de pancadas, e Rose ficará maravilhada. O jeito como os pés deixarão o chão, pairando acima do piso e ficando ali, flutuando, enquanto a mão esquerda se desenrodilha em uma trajetória ascendente — nesse instante de suspensão ela se recordará de que o gancho saltador também leva o nome de um animal. Assim como a gazela, que ao correr tira as quatro patas do chão, também o gancho saltador se constrói no intervalo entre a boxeadora tirar os pés do chão e retornar à lona do ringue. É o gancho esquerdo saltador de Rose Mueller o golpe que encerra este round.

A academia que Rose Mueller abrirá e passará a administrar junto com o marido, a academia para perder peso, não era um sonho dela. Não foi uma tentativa de reviver os dias de glória, tampouco de relembrar a época em que Rose foi uma das melhores boxeadoras do mundo; era só uma ideia de negócio que ela tinha capacidade para tocar. Assim como acontece com tantas outras atletas que treinam seis horas por dia e passam a treinar zero horas por dia, Rose Mueller ganhou muito peso depois que aposentou as luvas de boxe. Foi quando reparou que não conhecia outra maneira de viver dentro do próprio corpo exceto extraindo até a última gota de força todos os dias. Ele se transformara em uma coisa que era usada apenas na potência máxima ou então não era usada de forma alguma, mas depois de todos aqueles anos de uso, depois de um ano sentado à escrivaninha, o corpo deteriorou, os joelhos começaram a incomodar e ela mal conseguia caminhar até o carro. Só então Rose Mueller passará a indagar se por acaso não existe alguma forma de reverter o estrago. Ela se recordará do supino e da barra olímpica e dos halteres e do *leg press* de seus tempos de menina, mas principalmente do afinco — a entrega total, a obsessão que caracterizava seu estilo de luta —, a forma como o boxe dominara a vida dela.

Uma vida dominada pode ser uma coisa extraordinária. Só que pode também ser uma coisa cafona, estúpida e melodramática. Uma peça de teatro dirigida por Deus é o palco que muita gente acaba escolhendo para a própria vida.

Rose Mueller tinha onze anos quando aprendeu a rezar o terço. A repetição, as palavras contidas nas orações, o jeito de mover as mãos pelas contas enquanto as palavras iam saindo da boca, tudo aquilo a lembrava das brincadeiras de bate-palma. Ave-Maria, Pai-Nosso, Glória ao Pai, o som era tão parecido com as cantigas malcriadas. Aqui em Reno, ela recita baixinho as rezas e as cantigas no intervalo entre os rounds. É automático, algo que ela consegue fazer só com a boca, sem ter que pensar muito.

Não é de todo ruim ter uma obsessão por Deus. Mas, quando um grupo de pessoas que acredita no mesmo deus se reúne, a coisa tende a descambar de um jeito meio peculiar, para não dizer odioso. Rose Mueller é esperta o bastante para perceber isso, mas não a ponto de adotar uma prática própria quanto ao interesse divino. Não é fácil devolver uma refeição depois de tê-la pedido, ainda mais nos subúrbios de Dallas, ainda mais quando se é uma aldeã. Em uma aldeia, todo mundo sabe da vida dos outros. Em uma aldeia, é muito, mas muito mais fácil comer aquilo que já vem servido no prato.

No Bob's Boxing Palace, nesta última luta do dia, não há mais luz lá fora e os refletores criam inúmeras sombras do corpo de Rose Mueller e de Tanya Maw. Cada um dos refletores dá origem a um corpo acinzentado dentro do ringue. Esses muitos corpos acinzentados se justapõem, de modo que no centro do amontoado de sombras cria-se um núcleo escuro.

Para Tanya Maw, deixar a cidade de Albuquerque foi bem fácil. O pai, sim, ainda vive na casa ao estilo rancheiro e não foi capaz de amar ninguém, nem mesmo as filhas, depois da partida da esposa desaparecida no inverno. É fácil deixar um lugar que não tem nada a oferecer.

Tanya Maw queria que o pai estivesse aqui em Reno com ela. Tanya Maw veio dirigindo de Albuquerque, no Novo México, sozinha. Precisou cruzar a cidade de Las Vegas. E, ao chegar em Reno, ainda dentro do carro, teve a sensação de que Las Vegas era um dos progenitores de Reno. Seria a mãe? Nesse caso, quem seria o pai? Parecia que Las Vegas encolhera sua típica arquitetura resplandecente e a passara adiante para vestir a rua principal de Reno. A cidade de Reno tinha os mesmos gigantescos shoppings de Las Vegas, só um pouco menores. Em Reno, os letreiros de bordel eram mais decrépitos. Os cassinos eram iguais aos de Las Vegas, porém em versão miniatura, exceto pelo enorme domo bem no centro da cidade, que não tinha um antepassado em Las Vegas. Esse enorme domo bem no centro de Reno lembra uma nave espacial esculpida em formato de lua. Tanya Maw chegou a diminuir a velocidade ao passar por ali a caminho do Bob's Boxing Palace. Havia uma marquise logo em frente que dizia "Resort e Cassino Caesars Silver Legacy". Estou em uma cidade, Tanya Maw então disse para si mesma, que deu pra sua joia arquitetônica o nome de um ditador romano que morreu assassinado pelos próprios súditos.

Aos dezoito anos, Tanya Maw se mudará para Los Angeles. Em Los Angeles ela vai tentar e fracassar e tentar e fracassar e tentar e alcançar algum sucesso e depois fracassar na missão de se tornar atriz, e aí o filme de duplo homicídio será lançado e aí, enfim, ela se tornará a famosa vovó. Só que, antes, na época em que a carreira de atriz ainda não der dinheiro, Tanya Maw interpretará uma mulher que abandona as filhas em uma peça de teatro. Ela sempre teve tendências radicais como atriz. Nutria a crença primordial de que ator nenhum precisava viver uma tragédia para poder encená-la, mas isso mudou quando se viu em cima do palco, fazendo o papel de sua mãe desaparecida no inverno, fazendo o papel de uma mulher que escolheu deixar as filhas para trás, e foi ali que descobriu que não estava interpretando um papel mas sim encarnando algo muito, muito mais insólito. Nessa peça, ela não vai apenas encaixar o próprio rosto dentro do rosto de outras pessoas, ela vai encaixar o próprio rosto no rosto da mãe, uma acrobacia que por pouco não lhe custará a vida.

Começa o sexto round e Tanya Maw acerta um golpe em Rose Mueller. O rosto delas lembra o rosto de duas atrizes.

A oportunidade de fazer a peça veio por acaso. Não era um papel que ela queria fazer, era um papel que lhe foi oferecido e ela sentiu que não poderia recusar sem ser desmoralizada.

Tanya Maw esconde o rosto atrás das mãos e movimenta os punhos em pequenos círculos. Suas argolas de tranças são cordas embebidas em água. Quando faz a investida, elas batem nas costas.

Do lado de fora do Bob's Boxing Palace, as pessoas se reúnem no centro da cidade de Reno. Como mariposas atraídas pela luz, se aglomeram no interior dos cassinos. As luzes se intensificam cada vez mais conforme os visitantes se embrenham no interior desses cassinos, de tal modo que no núcleo de cada um acontece uma explosão de luz neon branca. As pessoas são atraídas até lá como mariposas seguindo em direção à própria morte, mas o que as aguarda não é a morte e sim imensas raspadinhas de álcool e plástico. Raspadinhas no formato de granadas. Elas chupam os canudos e seguram as granadas diante do rosto.

Tanya Maw ficou sabendo da peça, aquela com a mãe que abandona as filhas, graças a um antigo professor de teatro. Ela apareceu para a primeira rodada de testes e descobriu que já fora selecionada por conta da indicação. O estômago se revirou. Ela sabia que era uma peça do circuito local a que ninguém assistiria, só que ainda estava inebriada, tal como esteve a vida inteira, com a ideia de atuar, e ainda sentia que, em cima do palco, quando tentava encaixar o próprio rosto no rosto de outras pessoas, era capaz de acessar uma parte de si que ninguém mais conseguia enxergar. Era como se estivesse tão fragmentada por dentro que apenas atuando, fundindo a vida interior com a manifestação exterior de uma personagem ficcional, ela conseguisse ser uma pessoa inteira — motivo pelo qual essa oportunidade de interpretar a própria mãe, interpretar uma mulher que abandonara as filhas, parecia especialmente terrível e medonha, pois não iria encaixar o próprio rosto no rosto de outras pessoas, mas sim encaixar o próprio rosto no rosto da mãe. Tanya Maw não sabia ao certo se conseguiria sentir-se inebriada interpretando a mãe e não algo que já vivia ali dentro dela, nem tinha como saber se a mãe ainda estava dentro dela. Parecia um ultraje, além de inconcebível, que ela pudesse ocupar o interior da mãe desaparecida no inverno. Na peça, a mulher abandona as filhas para ficar com outro homem. No caso da mãe desaparecida no inverno, não foi isso que aconteceu. A mãe de Tanya Maw abandonou as duas filhas porque não suportava a casa ao estilo rancheiro. O grande tapete *kilim* redondo, a cozinha que precisava de reformas, o forno elétrico, o azulejo amarelo nos banheiros e a fachada em adobe falso, todas essas coisas sussurravam algo horrível no ouvido da mãe de Tanya Maw.

Na mente de Tanya Maw, a mãe vem visitá-la na calada da noite. Quando a gente não tem filho, dá pra simplesmente pegar as coisas e ir embora, explica a mãe de Tanya Maw. Mas, quando a gente tem filho e quer ir embora de um lugar, é preciso levar em conta a possibilidade de deixar a criança pra trás.

Do lado de fora dos cassinos de Reno há uma passarela que bordeja o rio Truckee, onde homens atiram cartões de visita na direção dos transeuntes. Os cartões têm fotos de garotas de programa nuas de baixa qualidade e com uma estética meio anos 1980, e vêm com um número de telefone que dá para a "linha direta da zona". Para chamar a atenção dos transeuntes, os homens batem um punhado de cartões em outro punhado. A batida dos papelzinhos lembra o zumbido de um enxame de insetos. Caminhar pela passarela de Reno é como atravessar um corredor polonês de cartões de visita, atirados de todo lado. O barulho da batida dos cartões quase parece o barulho de aplausos. Alguns transeuntes aceitam os cartões e os enfiam no bolso, já outros os aceitam só para jogá-los no chão. Dessa forma, a passarela que bordeja o rio fica atulhada de Carlas e Emmas e Saras e Claudettes descartadas. Rosalias e Sophias e

Olivias e Mias revestem o chão. Se você tiver cara de mulher e passar pelo corredor polonês, os cartões não serão atirados na sua cara, mas ainda assim vão sair voando pelo ar, numa pulverização mais indistinta. Se você for mulher e tentar fazer contato visual com os homens dos cartões, eles não vão virar a cara.

Rose Mueller aperfeiçoou a arte de virar a cara até torná-la uma de suas principais armas. Ela consegue se livrar de quase tudo só virando a cara, seja na missa, no trabalho, e em qualquer outro lugar em Dallas, a aldeia onde nasceu e onde morrerá. Aqui, no ringue de Reno, virar a cara é um gesto de grande utilidade. Para uma boxeadora, não há estratégia de manipulação mais sutil e mais eficaz do que o contato visual. Quando direciona os olhos para o teto, Rose Mueller deixa Tanya Maw sem chão. Rose lança um golpe com a mão esquerda e em seguida levanta os olhos para o teto. O que vê são claraboias preenchidas por um fundo preto salpicado com estrelas. Pela parte inferior dos olhos, ela vê de relance que Tanya Maw recua e posiciona o corpo na lateral, uma decisão estúpida que deixa seu lado direito aberto para a entrada do punho de Rose Mueller, e aí vai ela, descendo lá do alto e voltando para o meio do ringue, e a essa altura Tanya Maw está perdendo por três golpes e bufando alto. O juiz declara a vitória de Rose Mueller neste sexto round e a disputa fica empatada, essencialmente voltando para o zero a zero. Rose observa a vitória, olhando para a direita e depois para a esquerda. Bebe grandes goles de água e senta no banquinho. Consegue sentir o poder do corpo, que vai dominando a mente. Tórax e cabeça e braços se dependuram perfeitamente da espinha dorsal.

Tanya Maw ainda não sabe que se tornará atriz. Aqui, no campeonato Filhas da América, Tanya Maw é uma boxeadora. Mas também é só uma criança — só uma menina esperando para ver como a vida vai se desenrolar, em comparação com a vida das outras pessoas que conhece.

Na peça em que interpretou a mãe desaparecida no inverno, Tanya Maw sentia as extremidades do corpo esmaecerem, misturando-se com a cenografia. Ao longo dos ensaios, foi sendo tomada pela certeza de que se camuflava junto ao cenário, desaparecendo entre os objetos cênicos que segurava, os braços derretendo para se transformar naquilo que as mãos tocavam. Havia algo naquela tarefa de colocar em cena a pior coisa que já lhe acontecera que a obrigava a abandonar o próprio corpo. Enunciava as falas tal como estavam no texto dramático, linha por linha, mas estilisticamente foi horrível. A pior performance da vida. Na opinião do diretor ela estava robótica, meio dura. Óbvio, Tanya Maw pensou consigo mesma. Óbvio que eu pareço meio dura. É que estou tentando ser uma coisa, e não uma filha. Ela só conseguiu aguentar as apresentações passando as semanas antes da estreia completamente isolada e ligando para a irmã mais velha três vezes por dia. A irmã mais velha dizia: A gente não está mais lá, Tanya. A gente não está mais naquele tapete. Mas quando Tanya Maw olhava para si mesma em um espelho, o grande tapete *kilim* redondo aparecia logo atrás, e ela não tinha a menor dúvida de que, de um jeito ou de outro, passaria o resto da vida em cima daquele tapete redondo. Eu vou morrer em cima desse tapete, era o que ela pensava. E de fato morreu em cima daquele tapete. Depois de muitas décadas ela estará internada no hospital, conectada àquelas máquinas estéreis que acompanham a morte de tanta gente, e ali se entranhará em si mesma e sentirá o que toca seus dedos, o que estará ao seu lado, e sentirá a trama do tapete logo abaixo dos ombros. Diferente da maioria dos outros tapetes *kilim*, a trama do tapete da família formava tranças — uma corda torcida em espiral, costurada a outras cordas para formar algo maior, tal como uma cobra enroscada em si mesma ou o corte transversal do núcleo de uma flor. Não foi tão ruim assim ter vivido em cima do tapete, Tanya Maw dirá para a mãe. É um tapete lindo, Tanya Maw dirá para a mãe. Quando partiu, a mãe de Tany Maw bem que quis levar o tapete junto.

O sétimo round começa e Rose Mueller imediatamente acerta as costelas de Tanya Maw. Não é um golpe tão intenso quanto o gancho esquerdo saltador, mas é o suficiente para render um ponto. Os juízes atualizam a pontuação e sacam os celulares do bolso para conferir as horas. Suas mentes obtusas não conseguem captar o ar de expectativa da luta, agora empatada. Eles trabalharam o dia inteiro. Hoje é sábado, não é dia útil, porque todos esses homens fazem outras coisas além de servir como juiz em lutas de boxe juvenil feminino. Trabalham na Safeway e nos centros de distribuição da Amazon e em cassinos, onde servem granadas alcoólicas. A vestimenta branca não é um uniforme, só uma padronização determinada por Bob para que eles ficassem com uma cara mais oficial, já que seriam pagos para estar ali. Alguns nem sequer gostam de boxe. Aprenderam sobre o esporte assistindo a vídeos no YouTube e lendo o resumo de uma página que Bob lhes mandou. Tudo o que querem é entrar nos respectivos carros e voltar para as casas geminadas onde vivem, ou bater ponto como *bartender*, ou se atirar no sofá de um amigo e fumar maconha até cair no sono. Os pais, os treinadores e esse coro fragmentado e decadente de homens em tons de branco designados juízes do campeonato Filhas da América têm todos contornos embotados em comparação ao intenso resplendor das boxeadoras. As manchas de suor nos sovacos dos juízes têm uma aparência mundana e doentia, símbolo de um ser humano que definha, e tal aura se faz ausente nas boxeadoras. Essas meninas são o completo oposto de seres humanos que definham. Correm aceleradas para longe da morte, com urgência e precisão. A imortalidade escorre pelos poros da pele. Até mesmo o mais indiferente dos juízes é capaz de perceber que essas meninas não são exatamente humanas.

Rose Mueller acerta Tanya Maw na cara, depois na lateral da cabeça, depois no braço e na lateral do corpo. Tanya Maw sabe que este round não vai acabar bem. E então o round acaba, e não acabou a seu favor. Se Rose Mueller vencer o próximo round, será o fim de luta.

Rose Mueller retorna a Deus de um jeito diferente de alguém que confere a temperatura em um termômetro. Ela é cética quanto à existência de algo além e acha que, se Deus existe, não possui corpo nem rosto. Em Dallas, a aldeia onde nasceu e onde morrerá, ela vai à missa quase todos os dias. Se Rose Mueller duvida da existência de Deus é por causa das pessoas que frequentam a igreja com ela. São, em sua maioria, cruéis e mesquinhas. Na academia para perder peso que Rose administra, ela as vê com roupinhas de treino e observa seus corpos franzinos e definhados. Até mesmo o pessoal mais em forma parece afrouxado, alargado. Esses corpos vieram de algum lugar, mas Rose não sabe ao certo como nomear o reino de origem. Seria um útero o mesmo que o paraíso? É nisso que ela pensa, sentada em uma máquina de supino. Aqui em Reno, os salmos da igreja lhe trazem conforto, mas ela não sabe o motivo. Talvez seja apenas o jeito que encontrou para levar consigo a aldeia onde nasceu.

Rose Mueller tem quase um metro e oitenta desde os nove anos de idade. No terceiro ano do ensino fundamental, parecia uma mulher adulta com a mente de uma criança. Era, e ainda é, uma pessoa bastante quieta e introvertida. Sempre achou que precisa de pelo menos dois dias para processar algo que lhe aconteceu. Aos oito anos, era motivo de chacota entre as crianças da escola católica que frequentava em Dallas. Será que era por causa da altura e do desassossego que era viver dentro de um corpo tão grande? Ou era porque falava tão pouco? Até onde se sabe, Rose Mueller sofreu muito bullying. No terceiro ano do ensino fundamental, pouco antes de a escola entrar em recesso de fim de ano, ela perceberá que foi enganada por um grupo de colegas durante o recreio, que a levaram até o depósito onde ficavam os equipamentos de educação física e a trancaram lá dentro, passando o cadeado por fora da porta. Rose Mueller permanecerá dentro do depósito, trancafiada, até o que parece ser o fim dos tempos. No interior do depósito, a mente de oito anos de idade se esticou inteira, retilínea tal qual a imensa vastidão das pradarias que rodeiam o território de Dallas. No interior da mente, ela observou o vento agitando a grama alta e, no interior da grama, flores silvestres amarelas que tremulavam para cima e para baixo. Observou as estações do ano, que passavam rápido e acelerado diante dela. Num piscar de olhos, as pradarias foram da geada cristalizada do inverno para o viço verdejante da primavera para a seca para a morte e para a areia. Rose Mueller tinha consciência de que, dentro da mente, o corpo se transformara em pó. Quando foi encontrada, doze horas mais tarde, pelos pais e mais um grupo de professoras, ela parecia uma criança muito diferente daquela que chegara à escola no início do dia. Quando entrar no ensino médio e começar a lutar boxe, Rose Mueller se recordará da eternidade vivida no depósito e de como o sol que se punha sob a fresta ao pé da porta parecia um astro em plena explosão. Lutar boxe é completamente diferente de ficar sozinha em uma pradaria poeirenta. Rose Mueller ama toda menina que aceita lutar contra ela porque elas aceitaram ficar perto dela sem que fosse necessário trocar uma palavra. Rose

Mueller ama Tanya Maw, mesmo nos instantes em que recebe os golpes da adversária. É uma bênção estar viva e lutar com outras meninas.

Muitos anos mais tarde, quando Rose Mueller for contadora e ainda não tiver aberto a academia para perder peso, desenvolverá uma teoria sobre as crianças que, por causa de outras crianças, foram levadas a acreditar que talvez não merecessem estar vivas. A teoria é que essas crianças desenvolvem o dom da telepatia quando se tornam adultas. Quase como se os fracassos de socialização do passado — a inaptidão para se misturar entre os colegas e, por consequência, conseguir escapar da tortura — ajudassem a lapidar, ao longo dos anos, o superpoder da sensibilidade aguçada. Rose Mueller jamais será, e nunca foi, de falar pelos cotovelos, mas volta e meia será tomada pela certeza de que sabe, mais ou menos, qual é a linguagem falada na cabeça dos outros.

Aqui em Reno, Rose Mueller tem a impressão de que os pensamentos de Tanya Maw são morosos e viscosos. Quando Rose Mueller acerta um golpe em Tanya Maw, os membros de Tanya Maw parecem feitos de um mel cremoso e espesso.

A coisa que mais impressiona na técnica de Rose Mueller é que ela luta pacientemente.

Rose Mueller consegue ver que Tanya Maw não está inteira aqui com ela em Reno. Será que Tanya se enfiou em algum outro lugar dentro da própria mente?

Começa o oitavo round e Tanya Maw tenta desviar os olhos da irmã mais velha. A irmã mais velha, aos olhos de Tanya Maw, continua sentada lá no canto em cima do grande tapete *kilim* redondo.

O pai de Rose Mueller está aqui em Reno com a filha. Trabalha como empreiteiro e não foi fácil encontrar uma brecha na agenda. O pai de Rose Mueller ama a filha, sua única filha, mesmo ela sendo tão quieta. Ele não fica pensando no depósito de equipamentos de educação física, nem no fato de que foi por causa do incidente no depósito que Rose precisou trocar de escola. Rose já está mais velha. É adolescente. Tem amigas, tira notas boas e, segundo o treinador da academia, leva muito jeito para o boxe. Tenho orgulho dela, pensa o pai de Rose Mueller. Ele pensa isso do jeito como se compromete a ir à missa. Não tem mistério, pensa. Não tem mistério nenhum eu ter certeza de que amo a minha filha.

Rose começou a estudar em uma escola pública, mas continuou frequentando a paróquia na qual o incidente do depósito acontecera, na missa semanal.

Tanya Maw tem a impressão de que consegue ver algo frágil no interior de Rose Mueller. Vai ver são os ossos, pensa ela. Vai ver os ossos, pensa Tanya Maw, são feitos de vidro.

Rose Mueller acerta seis golpes, um atrás do outro, e com isso este round, o último round, chega ao fim. Rose Mueller venceu. Tanya Maw e Rose Mueller dão as costas uma para a outra. Afastam-se devagar, com os ombros encurvados. Estão envoltas em palpitações e vazios. Os espectadores restantes ficam surpresos que o dia chegou ao fim. Rose Mueller e Tanya Maw eram ambas exímias lutadoras. Moviam-se juntas como se fizessem parte do mesmo animal. Se o chaveamento fosse diferente, talvez as duas tivessem passado para as semifinais. Agora que a primeira rodada chegou ao fim, Bob conversa com os juízes e começa a desligar alguns dos refletores nos cantos da academia. A visão periférica de Tanya Maw, que antes enxergara a irmã mais velha, agora enxerga apenas escuridão. Pouco antes disso, ela ficara com a impressão de ter escutado o barulho de um único aplauso. Tanya Maw enfia o corpo entre as cordas para sair do ringue, remove as luvas, segue na direção de Rose Mueller e aperta sua mão. Os juízes guardam as cadeiras e recolhem o lixo que espalharam ao longo do dia. Há pouca gente na academia, mas o barulho das testemunhas arrastando os pés no chão e o barulho dos juízes empurrando as cadeiras são ensurdecedores. Quando a mão sem luvas de Rose Mueller enfim encosta na mão sem luvas de Tanya Maw, não há som de aplauso nenhum. Há tanto barulho dentro da academia que, quando as duas mãos se encontram, Rose Mueller e Tanya Maw não escutam nada.

Os juízes e as boxeadoras e seus pais e mães e treinadores deixam o Bob's Boxing Palace, a luz dos faróis dos carros manchando a estrada em meio ao deserto. A terra que acompanha a autoestrada é de um marrom-avermelhado. A Slide Mountain se equilibra logo acima de Reno feito uma coroa.

Noite

Há gente que vem a Reno para frequentar lugares como Aura Ultra Lounge, Faces, Splash e LEX e Dilligas Saloon. Essa gente quer visitar o Nelly's ou o Club Vanity. Artemis Victor daria tudo para entrar no Club Vanity. Se Artemis Victor estivesse no Club Vanity, usaria uma identidade falsificada para comprar bebida e subiria em um daqueles palquinhos luminosos para dançar até todas as suas roupas virarem água. Artemis Victor dançaria até que ela mesma virasse água. Artemis Victor quer que a versão líquida de si mesma seja borrifada em todos os cantos da pista de dança. Na noite de 14 de julho, enquanto as boxeadoras dormem, as boates de Reno se enchem de adultos buscando uma noite de parque de diversões. Os caça-níqueis estão equipados com moedas. Os trajes escolhidos para a noitada são especiais. A iluminação vinte e quatro horas dos cassinos lembra aquelas luzes que os zoológicos instalam nos tanques para répteis. Sempre acesas, sempre abafadas e azuis, de modo que no interior das boates não é nem dia, nem noite. Como se, no interior das boates de Reno, não existisse sol ou lua. Dentro da luz azul, esses adultos são transmutados em versões de parque de diversão de si mesmos. A pele fica mais bonita do que nunca. Os corpos, mais esbeltos do que realmente são. Dinheiro escorre pelas mãos. Dançam e bebem e fodem, sem muito esforço. Os adultos bem que gostariam de desejar algo com a mesma intensidade com que as meninas boxeadoras desejam ser a melhor do mundo em alguma coisa. As meninas boxeadoras desejam ser a melhor do mundo no boxe. É madrugada e as meninas dormem. Em seus sonhos não há boates, nem cassinos nem festas. Na noite de 14 de julho, até mesmo Artemis Victor sonha apenas com a vitória.

Noite adentro

As estrelas penduradas no céu de Reno volteiam lá em cima como a vista vertiginosa de um observatório. Há tanta poluição luminosa no centro da cidade que fica difícil enxergá-las. Quanto mais perto se está do domo do Caesars Silver Legacy, mais opaco é o brilho dos corpos celestes. O árbitro, os treinadores, os juízes e o jornalista que trabalha para a revista da CBJF marcaram de se encontrar no Caesars para se divertir. Enquanto as meninas boxeadoras dormem, os responsáveis pelo campeonato Filhas da América bebem. Os treinadores analisam as vitórias e derrotas do dia como abutres bicando a carne morta de um cavalo. Se a menina boxeadora de um deles perdeu, o homem diz que a culpa foi toda da menina, com suas fraquezas, sua incapacidade de ouvir e suas limitações físicas. Se a menina boxeadora venceu, o homem reivindica os louros da vitória para si mesmo. Os treinadores das lutadoras vitoriosas pegam emprestado a glória que pertence a essas meninas, como quem pega emprestado um smoking impecável de outra pessoa. Os treinadores das derrotadas reclamam da esposa e da mãe de seus filhos. Batem na tecla de que ninguém ouve o que eles têm a dizer. Bob, do Bob's Boxing Palace, não tem nenhuma boxeadora no torneio e por isso banca o anfitrião. Bandejas aparecem com doses de bebida. Bob mal consegue acreditar no dinheiro que conseguiu faturar. O treinador de Kate Heffer tenta bajular o jornalista que trabalha para a revista da CBJF. Vai que ele é chegado do pessoal da diretoria da CBJF, e aí bem que dava para fazer o Filhas da América lá na academia dele em Seattle daqui a uns anos. O jornalista local recusou o convite para a noitada. Os treinadores ficam ali até tarde e bebem como uma esponja. Quanto mais o treinador de Kate Heffer bebe, mais alto ele fala. Solta gargalhadas e distribui tapinhas nas costas dos outros treinadores. São tapinhas duros, mas acabam silenciados por conta do barulho ensurdecedor do cassino. O estrépito dos caça-níqueis é constante.

Ninguém que está no Caesars Silver Legacy vê o sol nascer. Os pais e as mães das meninas boxeadoras, em sua maioria, ainda dormem. Rachel Doricko e a avó dividem uma cama *queen* no hotelzinho recomendado pelo pessoal do campeonato. A avó já acordou. Ela encara o teto com forro de isopor, depois se senta e encara o chão com carpete. Quando o sol nasce, bafo e claridade começam a atravessar as cortinas. Ela vai até a sacada do quarto neste último momento da madrugada e consegue ver tanto o Sol como a Lua. Lá longe, vê também o centro da cidade de Reno e o Resort e Cassino Caesars Silver Legacy. O domo branco lembra um planeta estéril, feito de cerâmica. A avó fica imaginando se um dia as pessoas vão mesmo viver em outros planetas. Não parece tão improvável. Construir uma cidade no meio do deserto parece um desafio igualmente impossível, e no entanto aqui está ela, em um torneio de boxe juvenil feminino com a neta boxeadora, dormindo no que parece uma terra inabitável.

Olhando para Rachel, adormecida, a avó se recorda do dia em que deu à luz a mãe dela. Foi um parto curto. A mãe de Rachel Doricko chegou ao mundo, assim como Rachel, sem muito alarde. Vai ver é por isso que essa menina gosta tanto de fazer alarde hoje em dia, a avó pensa. Vai ver ela só quer recuperar o tempo perdido. Vai ver é por isso que usa aquele quepe esquisito. A avó tem certeza de que, mesmo que exista vida em outros planetas, nenhum extraterrestre seria tão estranho quanto aquelas boxeadoras. O quepe ao estilo Daniel Boone descansa na mesa de cabeceira. Rachel dorme com uma camiseta do San Diego Padres tamanho XL por cima da cabeça. A avó tenta retomar o sono, mas antes abre o folheto do campeonato Filhas da América para observar o chaveamento da competição. Debaixo da luz inconstante da alvorada, as linhas e os retângulos com nomes lembram os pedaços de um móbile para crianças. Os traçados se revolvem, balançam, se enroscam.

15 de julho

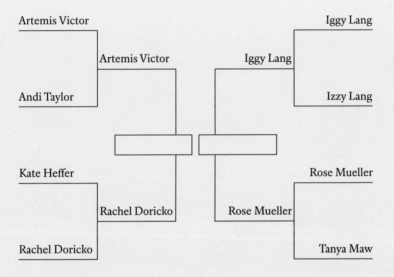

Artemis Victor
vs.
Rachel Doricko

O café da manhã continental servido no hotel onde as boxeadoras se hospedaram é um cemitério de ovos cozidos. A comida está disposta no saguão do prédio, em cima de um balcão de fórmica roxa. Há café fraco, pequenas caixas de sucrilhos e um pão tão branco que parece de plástico. Também há maçãs, mas têm gosto de areia. A casca, de um vermelho exagerado, traz adesivos de supermercado. São idênticas à maçã que a Branca de Neve mordeu antes de cair no sono. As boxeadoras que seguem no torneio se deitaram cedo ontem à noite e dormiram o sono profundo de quem está muito mais perto do nascimento que da morte. Elas só pegam duas coisas do café, porções individuais de manteiga de amendoim e os ovos cozidos. Rachel Doricko pega cinco potinhos de manteiga de amendoim e quatro ovos cozidos. Os ovos cozidos, ainda com a casca, são servidos no interior de um recipiente plástico arredondado que lembra um domo fatiado pela metade e onde o suor se acumula. Para abri-lo, Rachel Doricko empurra o bojo para cima. Para preparar sua refeição, descasca cuidadosamente cada ovo. Abre os potinhos com manteiga de amendoim e os coloca em fila. Em seguida, constrói três pequenos amontoados: um com as cascas de ovo, outro com os potes e outro com os ovos descascados, prontos para ser comidos. Primeiro abocanha as claras e só depois come os miolos amarelos e esfarelentos. Para encerrar a refeição, Rachel Doricko ataca os potinhos com manteiga de amendoim. Come-os com as mãos.

Mergulha os dedos em cada pote e coloca os dedos na boca. Enquanto lambe os dedos para limpá-los, Rachel Doricko olha ao redor. Espera que Artemis Victor esteja observando e pense que ela parece um animal. Rachel quer parecer o mais assustadora possível. Sentada na pequena área para o café da manhã, ao lado do hall de entrada, vai comendo com toda a calma do mundo. Durante o café e ao longo da manhã inteira antes de a luta começar, Rachel Doricko não tira da cabeça o quepe estranho ao estilo Daniel Boone. A pelugem do guaxinim já está velha, carcomida por traças, e vez ou outra se desprende do couro. Pequenos tufos começam a cair conforme ela exercita o corpo para digerir o café da manhã, subindo e descendo as escadas no exterior do hotel e caminhando em círculos no estacionamento. Um rastro de tufos de guaxinim se forma enquanto ela segue para o carro da avó e entra no Bob's Boxing Palace. Na academia, Rachel Doricko abandona o chapéu esquisito e a bermuda de basquete para vestir o capacete, o top de ginástica e a bermuda de seda sintética com botões na lateral. Aperta o protetor bucal na mão. Artemis Victor já chegou e está sentada em um canto, conversando com o pai e a mãe. Nem sequer viu Rachel Doricko com o chapéu esquisito, o que pode determinar o resultado da luta. A filosofia de usar um chapéu esquisito é uma das poucas armas que Rachel Doricko tem contra Artemis Victor. Será que Artemis é do tipo que ficaria incomodada ao ver um chapéu incompreensível? Tudo o que Rachel Doricko sabe é que Artemis Victor se importa, e muito, com a própria aparência. O cabelo de Artemis está alisado. Ela sabia que iria lutar hoje e acordou mais cedo só para arrumar o cabelo. Que idiota, Rachel pensa. Tem que ser muito maluca pra mudar a aparência normal do cabelo com chapinha. No entanto, o cabelo alisado prova que Artemis Victor é uma perfeccionista. Ela sabe como existir neste mundo de muitas formas que são impossíveis para Rachel Doricko, por conta da filosofia do chapéu esquisito. Revelar-se uma doida logo de cara é um dos preceitos da filosofia do chapéu esquisito. Artemis Victor, no entanto, pode se assumir como doida a qualquer momento. Olhando para Artemis Victor nos últimos instantes antes de a luta começar, Rachel Doricko se dá conta de que sua oponente é um pilão de pedra. Artemis Victor ofereceu a ela uma versão de si com cabelos alisados, por isso Rachel Doricko não faz ideia do que se passa em sua mente. Artemis Victor pode de fato ser o pilão sólido e profundo que vai esmigalhar Rachel Doricko. Afinal, ela herdou o legado das irmãs Victor. Rachel Doricko não tem irmãs. Soa o gongo e as duas se cumprimentam com as luvas. Alguém conferiu se a luva de Artemis Victor não tem chumbo?, questiona Rachel Doricko. E se ela tiver colocado chumbo na luva?, questiona Rachel Doricko. Talvez hoje seja meu último dia no mundo, pensa Rachel Doricko. Talvez eu morra aqui no ringue, pensa Rachel Doricko. Ela imagina o punho enchumbado de Artemis Victor alcançando seu rosto, atravessando o olho e penetrando o cérebro, que se transformará em uma flor ensanguentada. Imagina o próprio corpo evaporando-se no momento da morte, transformado em névoa com cheiro de laranja. Ela golpeia pela direita, depois pela esquerda. Não há quase ninguém para testemunhar o início do segundo dia de lutas. Bob, os treinadores de Rachel e Artemis e os juízes estão todos mais dormindo do que acordados e, por isso, incapazes de identificar o que há de errado no jeito como Artemis Victor luta.

Artemis Victor não vê a si mesma como um pilão de pedra e sim como um balde de água. Quem já presenciou uma enchente conhece bem a violência da água. Só que a água também é capaz de uma violência menor e mais traiçoeira. Até mesmo o menor dos vazamentos em um cano pode acabar destruindo uma casa inteira, de dentro para fora. Uma vez, Artemis Victor ficou cuidando da casa de uma vizinha que tinha ido passar o inverno em outra cidade, só para regar as plantas uma vez por semana, mas um dia ela percebeu que a casa parecia meio envergada. As esquadrias ao redor das janelas estavam inclinadas, inchadas por causa da água, e se entortavam para longe da casa. Ela abriu a porta da frente e viu que a tinta se desgarrava das paredes e água pingava das luminárias. O teto do primeiro andar tinha se encurvado e parecia prestes a desmoronar. Dizem que o inferno é feito de chamas, mas o inferno de Artemis Victor é cheio de água. Ela quer lutar contra Rachel Doricko tal qual um gotejar inclemente e implacável. É água o que destruirá os últimos manuscritos do mundo.

O corpo de Rachel Doricko é uma fração do corpo de Artemis Victor. Embora as duas pertençam à mesma categoria de peso, aqui no ringue o corpo de Artemis Victor parece muito mais torneado. Ela é um corte de carne generoso, enquanto Rachel Doricko é uma costeleta fina de vitela. Seu corpo parece achatado, como se a densidade tivesse sido compactada e os músculos, enfiados à força numa pele pequena demais para contê-los. Artemis Victor vence os dois primeiros rounds bem depressa, como uma mãe eficiente que guarda os brinquedos das crianças ao fim do dia. Mas o terceiro round vira uma loucura e o resultado da luta fica imprevisível. No terceiro round, Rachel Doricko começa a fazer algo estranho com as pernas. Rachel Doricko entrelaça os pés, dá passos de lado, como alguém que está aprendendo a dançar. É tão esquisito que Artemis Victor baixa a guarda. É aí que Rachel Doricko aparece no ombro dela. O jogo de pernas de Artemis é conservador; seu pisa-e-arrasta não a favorece. Rachel Doricko vence o terceiro round porque decidiu se arriscar com aquele esquisito jogo de pernas. Como muitas coisas na vida de Rachel Doricko, a aposta lhe trará bons resultados. Mas também haverá situações em que resultará em fracasso. No mundo fora do ringue, ela jamais terá a perspicácia necessária para correr riscos dramáticos. No futuro, será gerente de mercadinho. E a filosofia de usar um chapéu esquisito é algo vantajoso para uma gerente de mercadinho. Um chapéu esquisito diz: Não fale comigo enquanto estou arrumando os biscoitos água e sal na prateleira. Ou então: Não me faça perder tempo. No entanto, maravilhosamente, um chapéu esquisito pode ser muito mais do que um acessório que assusta e dá medo. Afinal, essa filosofia nada mais é do que um mecanismo de filtragem. Há gente que não se incomoda de ver chapéus esquisitos na cabeça das pessoas. Gente que trabalha em mercadinho quase nunca se incomoda com isso. Gente que trabalha em mercadinho já viu de tudo neste mundo. Para gente que trabalha em mercadinho, um chapéu esquisito pode até ser tranquilizador. Pelo menos o traço mais bizarro de personalidade da pessoa está manifestado num acessório que não vai machucar ninguém. Pelo menos é só um chapéu e não uma arma de fogo. Quando Rachel Doricko se tornar gerente de mercadinho, seus chapéus esquisitos terão se transformado em escudo de proteção. É muito pouco provável que uma pessoa com um chapéu esquisito na cabeça, que a faz parecer meio maluca, vire refém num assalto à mão armada. Rachel Doricko bem que gostaria de descobrir o que é que faz Artemis Victor ser meio maluca. Por conta de seu porte, do treinamento sem igual, da postura de combate e das habilidades técnicas, ela tem um ar meio insano. Artemis Victor não é boa no boxe por causa do legado das irmãs Victor, mas sim devido à inveja enlouquecida que corre em suas veias. O que Artemis quer é destronar Star Victor, a irmã mais velha que já foi campeã do Filhas da América, e a única maneira de fazer isso é vencer esta luta e a que vem depois. Artemis Victor precisa derrotar Rachel Doricko se quiser seguir na competição. E Rachel Doricko continua desferindo golpes. O quarto round termina e a vitória vai para

Rachel, empatando o placar em 2-2. Começa o quinto round e Artemis Victor se lembra de que é um balde de água. Pensa em cadáveres que brotam num rio. Assassinados e inflados, tão empapados que as mãos parecem luvas de borracha transmutadas em balões. Os corpos derrotados por Artemis Victor se transformam em relíquias ensopadas. Artemis não colocou chumbo nas luvas, mas ninguém conferiu antes de a luta começar. Vai ver os juízes queriam que eu colocasse chumbo hoje, pensa Artemis Victor. Os juízes, todos eles, conhecem os pais e as irmãs dela. Vai ver era um teste, para ver se ela era capaz de assassinar a adversária. Só que ela não tem interesse nesse tipo de assassinato. Seu real interesse está na morte vagarosa causada pela água. Artemis Victor quer afogar Rachel Doricko.

As outras boxeadoras chegam à academia no início do quinto round. Iggy Lang e Rose Mueller assistem cada uma em um canto. Iggy Lang tem a impressão de que esta luta é movida por uma questão estética. Artemis Victor e Rachel Doricko são boxeadoras habilidosas e experientes, mas a primeira golpeia como quem se preocupa com o perfeccionismo e a segunda golpeia como alguém que se preocupa com o estilo. Rachel Doricko não copiou o jogo de pernas de ninguém, aquilo é invenção dela. Quando move os pés, coloca um na frente do outro, como o avanço lento e constante de um incêndio fora de controle. Flexiona os joelhos bem para a frente. O normal seria mantê-los flexionados logo acima da linha do tornozelo, mas a flexão dela é mais pontiaguda, alinhando os joelhos com os dedos do pé. Faz parecer que o corpo inteiro se equilibra contra o vento. Se eu tiver que lutar com ela, pensa Iggy Lang, só preciso dar um jeito de fazer Rachel Doricko se inclinar pra trás e não pra frente. Rachel Doricko busca a aproximação e se inclina ainda mais contra a ventania fictícia. Artemis Victor se projeta para a esquerda, tenta evitar a obliquidade da adversária. Mesmo assim, é golpeada pelas mãos de Rachel Doricko.

Ainda que Kate Heffer e Andi Taylor não estejam aqui na academia, as vitórias e derrotas de ambas assombram esta luta. Pedaços de sua alma habitam o interior das boxeadoras vitoriosas, como se o corpo pós-derrota de Kate e de Andi tivessem sido canibalizados num ritual de guerra. O menino morto com o calção de caminhõezinhos vermelhos vive dentro de Artemis Victor, do mesmo modo que as mãos de Rachel Doricko apertam com força os números que Kate Heffer tanto contou. Andi Taylor está acelerando rumo a Tampa, com as janelas abertas e o dinheiro para gasolina pegando fogo no bolso traseiro do jeans, mas também pulsa no interior de Artemis Victor, no punho em pleno movimento de ataque. Quando Artemis Victor golpeia Rachel Doricko, é como se ela e Andi atacassem juntas. Artemis não se esqueceu da fresta encontrada pela mão de Andi e tapou o buraco com cimento antes desta luta. Andi Taylor olha pelo retrovisor e tem a impressão de ver água. Ela pisa fundo, passando pelas longas estradas no meio dos desertos do Arizona, do Novo México, do Texas. Dirige em silêncio. Andi Taylor queria muito ter vencido Artemis Victor, mas uma parte dela sabia que não tinha a menor chance. Pelo menos o corpo que Andi Taylor tocou agora toca o corpo de Rachel Doricko neste segundo dia de competição. Assim que Andi Taylor pensa isso, Artemis Victor, em Reno, acerta Rachel Doricko direto na boca.

Os dentes de Rachel Doricko ficam arrefecidos, eletrificados, após o golpe. Ela avança para cima de Artemis Victor com o maxilar cerrado.

Depois de se tornar farmacêutica, Andi Taylor encontrará alguém que a deixará aliviada por estar viva. Terá uma vida tranquila, mas nem por isso desprovida de resplandecência. Terá também um cão chamado Freeway, que conseguirá se equilibrar nas patas traseiras tal como uma pessoa de joelhos. Andi Taylor e esse alguém que a deixará aliviada por estar viva terão uma história de amor. Não chegarão a se casar e não morrerão juntos, mas ainda assim Andi Taylor passará a maior parte da vida imaginando como esse alguém vai ficar quando envelhecer, e vice-versa. Antes de se separarem, Andi Taylor e esse alguém construirão uma casa com as próprias mãos. Uma belíssima estrutura de tijolos. Num dia quente de verão, quando a Andi Taylor de quarenta e dois anos estiver levantando um enorme tijolo com os braços, esse alguém observará seus ombros musculosos de regata e pensará que realmente não é de espantar que Andi Taylor já tenha um dia lutado boxe. Para esse alguém, o passado de boxeadora não é bem um segredo, mas sim algo coberto com reboco. Como é maravilhosa a impossibilidade de partilhar tudo o que somos com a pessoa amada, esse alguém pensa. Continua observando enquanto Andi Taylor posiciona o tijolo no local adequado e de onde está enxerga os nós nos dedos e as costas das mãos com veias dilatadas. Essas mãos um dia acertaram socos em Artemis Victor. Andi Taylor nunca chegou a lutar com Kate Heffer, mas, como suas mãos tocaram Artemis Victor, e as mãos de Artemis Victor tocaram Rachel Doricko, e Rachel Doricko derrotou Kate Heffer, há um elo que conecta as mãos de Andi Taylor às mãos de Kate Heffer. Girado no sentido anti-horário e posicionado na vertical, o chaveamento da Copa Filhas da América se pareceria com uma árvore genealógica, e nesse caso, através dos laços do matrimônio ou de sangue, Andi Taylor e Kate Heffer seriam irmãs.

Na viagem de volta para Seattle com os pais, Kate Heffer tem dificuldade de acreditar que já venceu alguma coisa na vida. Ela pode até ter perdido para Rachel Doricko, mas saiu vencedora na etapa regional do Noroeste. Talvez, pensa ela, eu tenha um futuro, e talvez no futuro vá vencer de novo? Cerimônias de casamento, pensa Kate Heffer, têm tantas regras e rituais. A duração da cerimônia, com o jantar de ensaio e o brunch no dia seguinte, é quase tão longa quanto um campeonato de boxe. No futuro, a Artemis Victor noiva vai se arrepender de não ter contratado uma Kate Heffer para organizar um casamento metódico e sem alarde, uma festa charmosa, porém previsível. A vida de Kate Heffer não terá o pequeno lampejo em opalina que perpassará a vida de Andi Taylor. Será uma ampulheta por onde escorre areia.

Ter uma vida construída com areia vai encantar Kate Heffer. Um grão de areia, afinal, é uma unidade finita que pode ser quantificada em conjuntos contáveis.

Artemis Victor observara Kate Heffer depois da derrota no dia anterior. Kate tinha uma aparência tão ensopada e esfrangalhada.

Artemis Victor sempre se orgulhou, e sempre se orgulhará, de ser o pedaço de terra mais árido e elevado.

O lento gotejar da água pode até ser uma arma de violência imensurável, mas uma arma a conta-gotas como essa não surte efeito imediato. Depois de encharcado, um piso de madeira ainda demora pelo menos um dia inteiro até começar a empenar. E o boxe, diferente dos outros esportes, é tão acelerado que não dá tempo de empregar uma estratégia vagarosa. Oito rounds com dois minutos de duração cada, mais os intervalos e as pausas entre esses rounds, é tão pouco que mal dá tempo para as coisas acontecerem. Ainda assim, há a sensação de que qualquer coisa pode acontecer ao longo de um round de dois minutos. Rachel Doricko acredita que o tempo passará rápido ou devagar, como bem entender, e não importa se ela vai ou não atravessar um instante específico. Já Artemis Victor, assim como Kate Heffer, acredita que os acontecimentos e o tempo orbitam ao seu redor e que o tempo existe apenas para que ela possa atravessá-lo. É por conta dessa incapacidade de enxergar o tempo passando, e ver que não há tempo suficiente para causar danos por meio da água, que Artemis Victor perderá este round e o próximo. O sexto round chega ao fim e o placar está 4-2 para Rachel Doricko. Se Rachel vencer o próximo round, ela vence a luta.

Enquanto Rachel Doricko dá pequenos saltos no corner, Kate Heffer, seu troféu canibalizado de guerra, salta junto com ela. Os dígitos de pi vão quicando para cima e para baixo. Soam como um punhado de moedas sacudidas.

Artemis Victor será vitoriosa em diversas áreas da vida. Carregará consigo, pelo resto de seus dias, aquele gotejar inclemente. Não ficou apavorada quando a casa da vizinha se liquefez por causa do cano furado. Essa casa nem é minha, pensou Artemis Victor, e ela sabia que aquilo não era culpa dela e sim dos donos da residência, que eram desleixados. Mas existem pessoas, pessoas como Rachel Doricko, que seriam consumidas pelo pavor no instante em que entrassem na casa liquefeita. O pavor nasce da possibilidade de que sejam elas as responsáveis pelo desastre. Existem pessoas que, só de olhar para um desastre, já se entrelaçam à violência em ato. Essas pessoas, essa gente que se entrelaça, quase nunca saem vitoriosas, mas são mais inteligentes do ponto de vista emocional e tendem a perceber detalhes que normalmente passariam batido. Rachel Doricko, ao contrário de Artemis Victor, se preocupa com o estilo. Ela não é perfeita. Como uma calça jeans rasgada, inseriu defeitos dentro de seus golpes de propósito. Nesta luta, não há tempo suficiente para a violência da água se instaurar. É por isso que Rachel Doricko consegue golpear a cabeça de Artemis Victor. Conecta seis golpes, um atrás do outro, e o round chega ao fim. E por mais que Artemis Victor venha a ser a grande vitoriosa no ringue da vida, aqui em Reno, nesta luta de semifinal, no segundo dia da competição, Rachel Doricko levou a melhor. O gongo sinaliza o fim da luta e Artemis Victor é uma poça de água com olhos avermelhados.

Rachel Doricko está de cabeça erguida quando o árbitro levanta uma das luvas dela e os aplausos da avó chegam aos seus ouvidos. Os treinadores das duas já saíram de fininho e estão conversando entre si. Artemis Victor não vem falar com Rachel Doricko, Rachel Doricko não vai falar com Artemis Victor. Se é assim que ela quer perder, então beleza, pensa Rachel Doricko. Ela sente um calor irradiando pelo peito. Sentirá esse calor pouquíssimas vezes na vida. É um pouco como o amor, mas com uma nota mais segura, menos desesperada. É o mesmo calor que sentirá daqui a muitas décadas quando a esposa perguntar, com um sorriso no rosto, por que ela tem que ser tão exagerada, com seus chapéus esquisitos. Aqui em Reno, Rachel Doricko pode exagerar o quanto quiser. O pugilismo pede um pouco de exagero. Ela arranca a fita usada para firmar a luva com os dentes e sente-se fuzilada pelos olhares das meninas da próxima luta. A próxima vencedora deve se preparar para encará-la.

Artemis Victor é arrastada para fora do ringue pelos pais atenciosos. Com os olhos inchados e arrasada, Artemis Victor não consegue acreditar que foi incapaz de derrotar Rachel Doricko. Artemis passou tanto tempo observando o próprio reflexo, lutando boxe de frente para o espelho. Havia uma parede inteira de espelhos na academia que ela e as irmãs frequentavam desde pequenas, então ela podia ver, de rabo de olho, o próprio corpo durante os treinos no ringue ou com o boneco de pancadas.

Artemis Victor sabe a cara que está fazendo por causa da derrota e mal consegue se aguentar. O pai e a mãe dizem para ela se acalmar e assistir à próxima luta, mas ela não consegue. Em vez disso, Artemis Victor sai do Bob's Boxing Palace e senta-se no carro da família. Toma o banco do passageiro e puxa o quebra-sol para baixo. Ali está o espelhinho. Nele, Artemis Victor vê a maquiagem borrada, a bochecha inchada e, logo atrás do inchaço, ao longe, os contornos do centro de Reno. A Copa Filhas da América, assim como os cassinos da cidade, não vai cumprir muitas de suas promessas.

Iggy Lang
vs.
Rose Mueller

Fountain Place é o edifício favorito de Rose Mueller em Dallas, um arranha-céu flanqueado por cento e setenta e duas fontes externas. Pedaços circulares de terra, cada um com uma árvore, pipocam ao longo da extensão de água, como um arquipélago de ilhotas com uma árvore só. À noite, as fontes se iluminam numa dança coreografada. Quando Rose Mueller tinha seis anos, o pai a levou para ver as fontes depois do entardecer. As luzes submersas lhe deram a ilusão de poder inalar algo que não fosse ar. Ela ainda se lembra de segurar a mão do pai com uma mão e correr a outra pela água. Lá embaixo havia folhas, moedinhas e, por algum motivo, areia. De onde tinha vindo aquela areia? E como a água conseguia ficar tão cristalina, tão azul, mesmo na escuridão da noite?

Quando Rose Mueller enfiou o braço na fonte, sentiu como se estivesse entre dois mundos, a mão mergulhada em uma passagem para o espaço sideral enquanto o pequeno corpo permanecia de cócoras no centro de Dallas. Acima de sua cabeça, assomavam as paredes envidraçadas e prismáticas do arranha-céu. Muito tempo depois ela soube que os arquitetos que projetaram o Fountain Place planejavam construir também uma torre gêmea, só que veio a crise do petróleo e por isso o outro lote de terra, que havia sido reservado para a gêmea, ficara vazio. Rose Mueller passou a infância inteira imaginando se essa gêmea nunca construída teria sido uma gêmea de verdade ou apenas uma irmã arquitetônica: apenas outro arranha-céu com os mesmos conceitos, porém repaginados e remexidos para dar uma cara nova. Pouco antes de pegar a estrada em direção a Reno com o pai, Rose Mueller o ouviu comentar, após a missa, que estava aberta a licitação para construir a torre gêmea do Fountain Place. Depois de tantas décadas, o dinheiro enfim aparecera. Conforme ela e o pai avançavam na estrada para Reno e ela imaginava os mil desfechos possíveis do campeonato Filhas da América, aquela torre gêmea ainda não existente do Fountain Palace se tornou uma presença constante em sua cabeça. E aqui no ringue do Bob's Boxing Palace, com o peito estufado e a cara de quem se prepara para encarar uma arqui-inimiga, Rose Mueller fita Iggy Lang e tem a sensação de observar uma parente de sangue. Iggy Lang pode até ter o lábio púrpura, mas tanto ela como Rose Mueller são musculosas feito cães bem treinados. Corpos esbeltos e atléticos. Braços que, se fatiados ao meio, exibiriam um perfeito diagrama médico com todos os tendões. Começa o primeiro round e o punho direito de Iggy Lang alcança o ombro esquerdo de Rose Mueller. Iggy é mais alta, só que assume uma posição mais agachada na hora de lutar.

Rose Mueller golpeia pela direita e aí pela esquerda, mas Iggy faz a esquiva e os golpes não entram. O escasso público consegue escutar o ar abrindo caminho para Rose Mueller. Sempre que um golpe de Rose Mueller atinge a atmosfera, vem um barulho de água se agitando.

Entre o público de catorze pessoas que ainda permanece na academia estão o jornalista que trabalha para a revista da CBJF, o jornalista que trabalha para o jornal da cidade, o pai de Rose Mueller, Izzy Lang e a mãe de Izzy Lang. Tanya Maw e Rachel Doricko também estão presentes, mas acompanham a luta lá de trás, cada uma em um canto. Tanya Maw e Izzy Lang não vão lutar hoje, porém, uma vez que perderam para as boxeadoras que lutam neste exato momento, seus corpos assombram o ringue tal qual uma dupla de fantasmas. Tanya Maw percebeu que a postura de Rose Mueller já melhorou depois da luta de ontem. Antes, Rose Mueller se inclinava um pouco para a esquerda quando tinha que se recuperar de um golpe. Agora, sua postura está centralizada.

Apesar de terem sido derrotadas ontem, Tanya Maw e Izzy Lang assistem à luta de hoje. Essa Rose Mueller luta como um caminhão-betoneira enchendo de concreto a fundação de um prédio, pensa Izzy Lang. Izzy Lang não queria ficar para o segundo dia, mas teve que ficar pois ela e Iggy são primas. Tanya Maw veio sozinha de carro de Albuquerque e por isso poderia ir embora quando bem entendesse. Ficou porque quer saber qual será o desfecho do torneio. Está genuinamente curiosa. Tanya Maw nunca abandonaria o teatro antes de a cortina cair.

Neste primeiro round, o corpo de Iggy Lang e de Rose Mueller se mesclam um com o outro. Aos olhos dos espectadores, as duas são idênticas. Iggy Lang ainda queria estar lutando com a prima mais velha, Izzy Lang, só que em vez disso está aqui, lutando contra Rose Mueller.

Iggy Lang se tornará detetive particular. Contará aos pais sobre a profissão escolhida e eles acharão que é piada, mas Iggy explicará que dá para tirar um bom dinheiro, fazer o próprio horário e que a maior parte da clientela consiste em esposas enraivecidas. É um trabalho legal, ela dirá aos pais. Lembra um pouco a escola, com aqueles projetos bem categóricos e delimitados.

Iggy Lang será uma detetive particular excelente em parte porque tem um rosto muito marcante. Devido ao lábio púrpura, parece que sobreviveu a um acidente. As pessoas baixam a guarda perto de um rosto tão estranho e ficam mais dispostas a revelar os segredos que carregam. Tal intimidade incrustrada, assim como o talento para achar rastros das pessoas na internet, fazem com que Iggy seja uma das melhores do ramo na cidade de Chicago. Iggy e Izzy Lang, a prima outrora boxeadora, acabarão por viver bem perto, só que a dupla de lendárias primas boxeadoras se encontrará apenas em Douglas, no Michigan, quando estiverem visitando as respectivas famílias para celebrar o feriado de Quatro de Julho.

Rose Mueller projeta o punho e, desta vez, o golpe entra. Iggy Lang faz uma expressão de espanto, sem acreditar que foi atingida, mas Rachel Doricko e as outras boxeadoras na academia tinham percebido que o golpe entraria assim que o punho deixou a posição da guarda junto ao tórax. De alguma forma, Rose Mueller conseguiu a aproximação. Parecia que soltava o ar dos pulmões na adversária, ou então dizia alguma coisa à outra. Por causa dos protetores bucais, as bochechas de Rose Mueller e Iggy Lang parecem atochadas de comida. Quando eram crianças, ambas participaram de uma brincadeira que de fato envolvia bochechas atochadas de comida. Na brincadeira, você tem que enfiar o maior número possível de marshmallows nas bochechas. Vence quem conseguir enfiar o maior número possível de marshmallows e ainda assim pronunciar um trava-língua.

Como qualquer outra brincadeira, o trava-língua das bochechas atochadas carrega um traço de inerente desperdício. Quando acaba, todo mundo cospe fora os marshmallows. Surge um montinho branco grudento, empapado de saliva e revestido de bílis.

Rose Mueller acerta mais um golpe em Iggy Lang. Desta vez o punho faz uma trajetória tão demorada que, quando enfim atinge Iggy, o barulho do impacto é suave.

Cuspir fora os marshmallows é uma das partes mais legais da brincadeira, acompanhado de risadinhas incessantes. Os marshmallows deixam a boca das meninas como se vomitassem nuvens saídas de um afresco renascentista. Iggy Lang e Izzy Lang brincarão de trava-línguas com marshmallows em todos os feriados de Quatro de Julho, pelo resto da jovem — e depois adulta — vida.

Em Dallas, Rose Mueller fará a brincadeira de trava-línguas com marshmallows com o filhinho pequeno. Você tem que colocar os primeiros atrás dos molares, ela explicará num sussurro. O único jeito de ganhar é deixar a saliva ir dissolvendo os marshmallows.

Lutar boxe é completamente diferente de se esconder, o que complica a situação de Rose Mueller. Não era melhor ter escolhido uma atividade em que não poderia ser vista, como tocar em um fosso de orquestra ou costurar o figurino de uma peça de teatro escolar? O pugilismo demanda certa visibilidade que deixa Rose Mueller apavorada. A qualquer momento, Iggy Lang pode decidir trancafiá-la na salinha do treinador ali no canto.

Rose Mueller articula esse pensamento e estremece. Enquanto o arrepio percorre seu corpo, Iggy Lang acerta um soco nela. Ninguém, nem mesmo os treinadores mais experientes, sabe dizer qual das duas vai levar a luta.

O jornalista que veio cobrir o torneio para o jornal da cidade está extasiado. Rose Mueller aceitou o golpe com uma expressão tão estoica. Como uma montanha durante um terremoto, é óbvio que o golpe causou um impacto, mas também é óbvio que a montanha não arredaria pé dali. Enquanto assiste à luta, o treinador de Rose Mueller recorda a primeira vez que a ensinou a lutar e tem lá suas dúvidas sobre o que ensinou de fato. Rose Mueller não luta como uma amadora.

Izzy Lang quer que a prima, Iggy Lang, enfie um soco na cara de Rose Mueller. Nos primeiros instantes deste round, mudou de ideia. Ela se importa, sim, com quem vai ser a vencedora. Está feliz porque, já que as duas vieram juntas, tem uma desculpa para ficar aqui e ver a prima caçula boxeadora.

Uma das coisas mais bonitas que Rose Mueller já viu foi uma freira improvisar uma melodia de jazz no piano, escondida atrás de uma cortina. O pai a levou para ver o espetáculo no Meyerson Symphony Center de Dallas. A freira era conhecida no mundo inteiro. Tocava o piano escondida atrás da cortina, pelo mesmo motivo que leva as igrejas a tapar com retalhos de pano o rosto de um santo. Rose Mueller gostaria que o Bob's Boxing Palace tivesse cortinas penduradas do teto, cingindo o ringue. Seria ótimo poder lutar com Iggy Lang dentro de um cubo de pano branco. Se não houvesse ninguém para vê-la golpear Iggy Lang, talvez conseguisse acertá-la. Tenta imaginar que não há ninguém assistindo à luta. Isso funciona, e ela consegue conectar sete golpes, um atrás do outro, e vence o primeiro round. Iggy Lang e Rose Mueller se separam por um instante, depois se aproximam de novo para dar início ao segundo round.

O pai de Rose Mueller não sugeriu que ela se tornasse boxeadora. Quando Rose trocou de escola, só perguntou se ela não queria praticar alguma atividade física. Era tão grande para sua idade. Talvez praticar um esporte a protegesse, o pai pensou.

Ele não imaginou que ela daria de cara com uma propaganda para aulas de boxe juvenil no centro da cidade.

Quando o pai perguntou por que ela queria praticar boxe, Rose Mueller respondeu que parecia ser uma atividade com regras sempre muito claras. O boxe dificilmente vai ter algum mistério, ela explicou. Na igreja, pensou ela, já tem tanto mistério. Tenho que aprender a existir num lugar onde eu consiga entender o que uma pessoa está pensando só de olhar pra ela.

Iggy Lang olha para Rose Mueller, mas não consegue fazer uma leitura dela. Geralmente, pensa Iggy Lang, eu consigo ver pelo jeito que a adversária se posiciona no ringue. Só que Rose Mueller fica mudando a base dos pés como uma menina que experimenta um monte de roupas antes de sair de casa. No segundo round, Rose Mueller acerta quatro, cinco, nove golpes. Ela vence o segundo round. Iggy Lang puxa o lábio púrpura por cima do protetor bucal, passando a língua entre o protetor e o interior do lábio. Izzy Lang pode ver que Iggy Lang está furiosa.

O treinador de Iggy Lang dá alguma instrução para ela durante o intervalo, mas ela afasta as palavras do homem como quem abana o mata-moscas sobre um pedaço de carne para espantar insetos.

Começa o terceiro round e a claridade se infiltra, oblíqua, pela claraboia. O vento sacode as estreitas paredes de alumínio da academia, interrompendo o som suave e constante dos punhos de Iggy Lang atingindo Rose Mueller.

Quando criança, a água do aquário de Rose Mueller puxava mais para o verde do que para o azul das fontes do centro de Dallas. Ela quisera o aquário pelo mesmo motivo pelo qual gostava das fontes, o mesmo motivo pelo qual não se importava muito de ir à missa. Rose Mueller queria ver se existia algum outro jeito de habitar este mundo e se existiam outros mundos para habitar que não os subúrbios de Dallas. O aquário era tão verde e misterioso. Ela trouxera um bagre pequeno para comer as algas do vidro. Aqui no Bob's Boxing Palace, ela tem a sensação de estar quase submersa. Não sabe se ela e Iggy Lang conseguem respirar debaixo da água, mas parece igualmente improvável que o oxigênio seja a única coisa que estão respirando. Mesmo depois de adulta, as fontes do Fountain Place evocarão nela um sentimento de partida. Ela encara Iggy Lang e pensa em como as fontes do Fountain Place parecem brotar do nada, a força responsável por empurrar a água para o alto escondida debaixo da terra. Enxerga os próprios braços não como um gotejar lento e controlado, mas como a válvula de pressão responsável por lançar um líquido pelos ares. No instante em que esse pensamento surge, Iggy Lang lhe acerta um soco bem no olho.

No boxe, um golpe certeiro no olho pode ser o suficiente para determinar o fim de uma luta. Só que o olho de Rose Mueller está intacto, como mágica. Até começa a arroxear, mas a visão permanece imaculada. Ela imediatamente começa o contra-ataque.

Os olhos de Rose Mueller se transmutam em vidro temperado e os braços, em fontes. Ela acerta oito golpes certeiros, um atrás do outro, e o round chega ao fim. Esta luta lembra um pouco uma conversa entre duas pessoas, em que uma delas fala sem parar e a outra de vez em quando solta uma interjeição. Iggy Lang precisou se esgoelar para acertar aquele soco causador de olho roxo, mas a mangueira de alta pressão de Rose Mueller afogou todo o resto. O placar está 3-0 para Rose Mueller. Iggy Lang ainda tem chance de vencer, embora seja mais provável que acabe arremessada para longe por Rose Mueller. Iggy Lang é jovem e está arrasada com o fato de que é ela ali no ringue e não a prima. Nem sabe mais se ainda quer vencer. Queria ter uma vontade de vencer o torneio tão intensa quanto a do seu cachorro na hora de brincar com a bolinha. Iggy Lang é apaixonada pelo boxe, mas sem a batalha familiar por amor e respeito, o esporte lhe parece vazio e enfastiante. Chega à conclusão de que, talvez, ela só quisesse lutar boxe com a prima.

O cabelo curtinho de Rose Mueller está tão molhado que parece ter sido modelado em plástico.

Quando Rose Mueller olha de novo para Iggy Lang, entende que entre elas não há laço de sangue. Iggy Lang está presente, mas também parece distante. Iggy Lang claramente se ausentou da luta, mas Rose não consegue decifrar para onde é que ela foi. Quem sabe Iggy Lang não tem uma fonte ou um aquário ou um outro mundo, como os outros mundos que o pessoal discute na missa, pensa Rose Mueller. Quem sabe Iggy Lang foi embora só pra poder voltar mais tarde, pensa Rose Muller. Quem sabe Iggy Lang está afundando na água, pensa Rose Mueller. Quem sabe o lábio púrpura seja prova de que ela na verdade é um peixe.

Os peixes podem desenvolver manchas púrpura nos lábios. Essas manchas costumam indicar que o peixe está doente ou morrendo. Uma das únicas soluções é despejar antibactericida direto no aquário. Se Iggy Lang é um peixe, está com dificuldade para respirar debaixo da água. Há alguma coisa circulando pelo ar do Bob's Boxing Palace que não lhe faz bem.

Ainda que o olho de Rose Mueller não tenha inchado no intervalo entre o terceiro e o quarto round, uma auréola de sangue escurecido se acumulou por debaixo da pele. Por conta da natureza instantânea do olho roxo, Rose Mueller parece uma veterana de guerra. Iggy Lang fica com inveja do rosto que deu para a outra. O olho lembra uma guirlanda feita com as pétalas arroxeadas, miúdas e cerosas de uma flor silvestre.

Quando Iggy Lang assistiu à luta entre Rose Mueller e Tanya Maw, não chegou a captar a ferocidade dos punhos de Rose Mueller. Talvez porque estivesse muito mais preocupada em notar o tipo de base que ela adotava no ringue, ou talvez porque Rose Mueller parecia, na verdade, ser gentil. Rose Mueller derrotou Tanya Maw sem um pingo de raiva no olhar.

Quem caminha à noite entre as fontes do Fountain Place no centro de Dallas encontra o lugar quase sempre deserto, com exceção de uma ou outra pessoa em situação de rua. Por ser um arranha-céu construído em uma cidade como Dallas, que cresceu rápido demais e é tão plana, extensa e cheia de subúrbios, o arranha-céu tem o mesmo horário de funcionamento dos bancos. O edifício fica vazio e trancado fora do horário de funcionamento. Rose Mueller adora passear por lá justo nessas horas. Ao longo da vida na aldeia onde nasceu e onde morrerá, Rose Mueller passeará pelas fontes quando o resto da região estiver deserta. Ela se sente muito próxima de conseguir respirar embaixo da água. Diferente das outras meninas do campeonato Filhas da América, talvez seja anfíbia. Consegue existir tanto dentro da missa como fora dela. A academia que virá a administrar com o marido é evidência de sua aptidão para metamorfosear o ambiente físico ao seu redor. Ela é muito boa em pegar um ambiente e transformá-lo em outro. Se conseguir inundar o Bob's Boxing Palace, pensa Rose Mueller, talvez eu possa vencer.

Começa o quarto round e Iggy Lang está agitada. As pernas parecem ter sido atingidas por uma descarga elétrica. Uma veia azul rebenta do braço direito, como se um filhote de cobra estivesse vivendo ali.

O olho roxo de Rose Mueller fica ainda mais roxo. Agora, parece emanar um novo poder. Tal qual uma pintura de guerra, o olho roxo de Rose Mueller mostra aos pais e às outras boxeadoras e aos jornalistas e aos treinadores e aos juízes que ela foi golpeada da pior maneira possível e sobreviveu. Boa sorte para vocês aí, incluindo Iggy Lang, que queriam ver Rose Mueller chorar.

Iggy Lang mal consegue lembrar por que queria vencer este torneio. Sem Izzy Lang, a prima mais velha, a situação parece tão piegas, besta e melodramática. Izzy nem queria ter vindo assistir à luta da semifinal de Iggy. E de que adianta ter uma prima que também luta boxe se essa prima não tem interesse em formar uma família lendária? Izzy Lang poderia continuar no boxe mesmo após o campeonato Filhas da América se migrasse para outra categoria, mas ela não fará isso, e Iggy não ficará de todo decepcionada. Para se tornar vitoriosa, Iggy terá que aprender a construir um mundo particular de pugilismo sem a prima. Terá que aprender a lutar com abandono total. No momento, tudo o que ela tem é o lábio púrpura. Rose Mueller acerta três golpes e Iggy Lang não consegue contra-atacar.

Rose Mueller fica espantada com a falta de preparo físico de Iggy Lang. Imaginou que a adversária teria mais resistência ao longo da luta já que tem uma prima com quem pode treinar. Mas a verdade é que Iggy está com a corda no pescoço. Rose Mueller finge que vai para a esquerda, mas vai para a direita e acerta mais três golpes.

Ao longo dos dois rounds seguintes, Rose Mueller destroça Iggy Lang com a mesma convicção de alguém recitando a ladainha durante a missa. Não dá para perder mais feio do que de 5-0 em uma luta de boxe. Iggy ergue a cabeça em direção ao teto e fecha os olhos. Depois sai entre as cordas do ringue, cospe o protetor bucal e se senta no chão. Ela queria muito ser um cachorro, ou uma estátua de cachorro, ou uma estátua de um herói de guerra. Cachorros e estátuas não precisam da linguagem para se comunicar com as pessoas. Rose Mueller vai até Iggy Lang para um aperto de mãos, mas Iggy Lang se recusa. Na Confederação de Boxe Juvenil Feminino, não há regulamento para determinar o que as derrotadas devem ou não fazer após a luta.

Rose Mueller se retira do ringue e é como se ela cruzasse a divisa entre a praia arenosa e a água.

Neste intervalo entre lutas, Rose Mueller não reza. Quando se ajoelha e posiciona as palmas diante do peito, está só fingindo. Rose Mueller finge que está rezando só para poder observar.

Rezar em público é como jogar um lençol em cima do corpo. Uma atividade que torna a pessoa ausente. De dentro das atividades que criam ausência, é possível analisar o entorno com mais atenção.

Enquanto finge que está rezando, Rose Mueller observa Rachel Doricko mexer com seu quepe. Tem pele de animal e parece abafante e esfarrapado. As costas de Rachel Doricko transmitem força, mas ela posiciona a caixa torácica sobre os quadris de um jeito torto.

A última luta vai acontecer à tarde, logo após o intervalo de almoço dos juízes.

Rose Mueller retorna do almoço e seu olho é uma poça escura de petróleo. Está lustroso e acetinado. Ninguém lá da igreja teria imaginado uma coisa dessas. Será que o povo de Deus, ou a gente que se diz ser o povo de Deus, perdoaria Rose Mueller por ter usado os punhos para machucar outra pessoa?

Rose Mueller de fato derrotou Iggy Lang, só que a cabeça de Rose Muller não está elencando os pensamentos na ordem correta. Nestes instantes que antecedem a última luta do torneio, a memória de Rose Mueller não anda mais em linha reta.

Rose Mueller se vê adentrar o ringue feito uma salamandra que deixa a terra e segue para a água. Está sem o capacete, mas sente como se sua cabeça tivesse sido mergulhada em um balde. Faz um calor escaldante na academia. Faz um calor escaldante em toda a cidade de Reno. Pela janela, Rose Mueller consegue ver as ondulações de calor subindo do asfalto.

A torre gêmea do Fountain Place será construída lá em Dallas, mas não terá fontes.

Rose Mueller aguarda o início da próxima luta do campeonato e observa os grãos de poeira que faíscam feito lantejoulas dentro da academia. Tal qual os subúrbios de Dallas, o Bob's Boxing Place não é glamuroso, mas alguém pendurou uma faixa vermelha e festiva onde se lê 12ª COPA ANUAL FILHAS DA AMÉRICA. A faixa foi impressa em material laminado e cheio de brilho. O troféu da vencedora está em cima da mesa dobrável de carteado, que no momento está sendo usada para a refeição dos juízes. O troféu é uma pequena taça em plástico dourado. A taça está acoplada a uma base quadrada de mármore sem nenhuma plaqueta. A claridade do dia é refletida na taça e escorre para o chão. Enquanto Rose Mueller se encaminha para o ringue, para a luta que vale o título, passa diante da mesa dobrável e compreende que o troféu da Copa Filhas da América não tem a menor condição de conter água. Há uma fissura bem no meio da taça, onde as duas partes do molde de plástico viraram uma só.

15 de julho

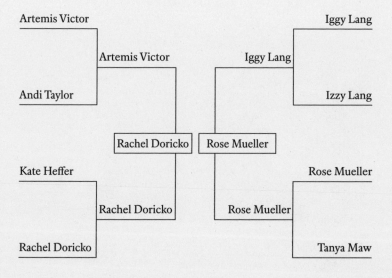

Rachel Doricko
vs.
Rose Mueller

O nome do jornalista da região que veio cobrir o Filhas da América é Sam. Ele trabalha para o *Reno Gazette-Journal*. Costuma escrever obituários e reportagens sobre times de basquete estudantil. Sam acompanhou as lutas do torneio com o mesmo arrebatamento de um cético que presencia um milagre. As meninas do torneio Filhas da América combatem como assassinas. No intervalo entre as lutas, quando andam pela academia, o ar empoeirado abre caminho para cada uma delas como água se abrindo para um deus. As meninas são todas diferentes e usam técnicas diferentes na hora de lutar, mas há algo de coletivo em sua energia. Sentado em uma cadeira dobrável, aguardando o início da luta que vale o título, Sam começa a pensar que o torneio Filhas da América parece uma brincadeira que acontece na direção contrária. Em geral, costuma se instaurar uma sensação de desbaste conforme um campeonato vai progredindo, um grupo de muitas que se encolhe até emergir uma única campeã, mas aqui no Bob's Boxing Palace, na Copa Filhas da América, se instaurou uma sensação de acúmulo. Ainda que apenas Rachel Doricko e Rose Mueller estejam dentro do ringue, Sam não consegue se livrar da impressão de que enxerga também a sombra das outras meninas boxeadoras. Os refletores instalados no Bob's Boxing Palace formam sombras múltiplas de um só corpo. Rachel Doricko e Rose Mueller são muito altas e corpulentas. Parecem criaturas poderosas, mas também machucadas e esbaforidas e exauridas por conta das lutas anteriores, ontem e hoje. Começa o primeiro round, Rachel Doricko golpeia o ombro de Rose Mueller e Sam se recorda de uma brincadeira que fazia sucesso entre ele, os primos e a irmã. Várias vezes, nestes primeiros momentos de luta, Rose Mueller e Rachel Doricko se defendem dando alguns passos para trás. Sam se lembra de que, para começar a brincadeira da sardinha enlatada, uma pessoa ia se esconder enquanto o resto dos participantes ficava de olhos fechados, depois todo mundo procurava a pessoa que se escondera. É como esconde-esconde, só que ao contrário. Uma a uma, as crianças procuravam a criança escondida e então se juntavam a ela. A brincadeira sempre acabava com uma última criança, sozinha, andando para lá e para cá em busca do resto do pessoal. Em teoria, quem perde é esta última, só que quando ela consegue localizar as colegas todas fazem uma algazarra para celebrar o momento. Rachel Doricko e Rose Mueller buscam implacavelmente uma fresta para golpear a adversária. Rose Mueller acerta um gancho esquerdo saltador na lateral de Rachel Doricko. No instante em que o golpe entra, Sam consegue enxergar um borrifo de suor saindo dela. As gotículas cintilam como uma chuva de diamantes. O pugilismo de Artemis Victor era como um gotejar demorado, miúdo e comedido. Em seus preparativos para cobrir o campeonato Filhas da América, Sam leu na revista da CBJF que Artemis era de Redding, na Califórnia, uma cidade próxima de Shasta, com suas inúmeras cavernas de calcário gotejantes. Nas cavernas perto da cidade natal de Artemis Victor, as gotas de calcário formam estalactites com quase vinte metros de comprimento que pendem do teto e estalagmites de igual tamanho que brotam do chão. Sam as visitara durante umas férias na natureza. Fez uma excursão quando passou por Redding. As estruturas gotejadas buscavam umas às outras como rochas se beijando. O fato de que Artemis Victor nascera em uma região com cavernas que pareciam de outro planeta fazia sentido para Sam. Durante a luta de Artemis Victor e Andi Taylor, ele ficara com a impressão de que observava duas alienígenas. Nesta luta, que vale o título, a saliva de Rachel Doricko escorre da boca. Rachel Doricko e Rose Mueller andam em círculos uma ao redor da outra. São tão rápidas na hora de fazer a esquiva que há pouquíssimos golpes que valem ponto nesta luta. Houve tantos golpes na luta em que Rachel Doricko derrotou Kate Heffer, a menina de Seattle. A luta entre Iggy Lang e Izzy Lang tivera pontos mais espaçados, mas quando Rose Mueller derrotou Tanya Maw, e depois Iggy Lang, foi como ver um carro ser esmagado por um pedregulho. Agora, na luta que vale o título, Rachel Doricko e Rose Mueller são o total oposto de pessoas esmagadas por um pedregulho. Elas parecem monumentos. Dentro do ringue com seus capacetes e protetores bucais e luvas com fitas e sapatilhas de cadarço, é como se usassem os trajes cerimoniais de uma monarquia. A postura de combate de Rachel Doricko tem certa esquisitice que talvez deixasse desconcertada uma boxeadora menos inventiva, menos habilidosa. Só que Rose Mueller é uma boxeadora extremamente habilidosa. Mais cedo, ela derrotou Iggy Lang com a convicção de uma aluna que entrega um trabalho de fim de semestre e sabe que vai tirar a nota máxima. Sam bate uma foto. Na foto, Rachel Doricko e Rose Mueller estão a certa distância uma da outra, com os punhos em frente ao rosto e o torso inclinado por cima dos joelhos. Rachel Doricko leva o primeiro round, mas é por muito pouco, e o segundo round é vencido por Rose Mueller. A luta fica nesse vaivém, como se as duas batessem boca. Os pormenores do debate são elegantes. As duas passam a vitória de mão em mão como pintoras colaborando em uma tela. O pugilismo de Rachel Doricko tem as pinceladas rápidas do impressionismo, mas o pugilismo de Rose Mueller tem a minúcia do fotorrealismo. O placar está 4-4 e os juízes anunciam que haverá um round extra. Quando começa o round de desempate, Rose Mueller e Rachel Doricko escapam dos punhos uma da outra com rapidez e precisão. Elas ocupam repetidamente os espaços que instantes atrás estavam ausentes de matéria. Até que um golpe de Rose Mueller entra. Ela está em plena suspensão quando isso acontece. Os pés estão fora do chão. Pouco antes de aterrissar na lona, ela acerta mais um golpe e a luta acaba. Este segundo golpe será a última coisa que Rose Mueller sentirá antes do pouso delicado e gentil dos pés em terra. Seus pulmões se contraem e se expandem, cheios de energia. Parece que ela inteira se enche e depois se esvazia rapidamente. Entre respiros, a mão enluvada de Rose Mueller é erguida para o alto. Ela cospe fora o protetor bucal. Com os dentes livres, abre um sorriso. Rose Mueller foi, nesse instante, a melhor boxeadora dos Estados Unidos. Sam publicará um artigo no *Reno Gazette-Journal* com a frase: Hoje, a vitória não foi só um sonho para Rose Mueller.

Um recorte de jornal

A avó de Rachel Doricko vai procurar a reportagem que Sam fez para o *Reno Gazette-Journal* e encomendar uma cópia pelo correio. Ela vai recortar a reportagem e a dar de presente para Rachel, que guardará o papel em uma pasta debaixo da cama. Quando Rachel estiver com cinquenta e dois anos, a filha encontrará o recorte de jornal por acaso. E perguntará: Quem é a outra menina na foto? Rachel Doricko responderá: É a Rose Mueller. No dia dessa foto, Rose Mueller foi a melhor boxeadora entre todas as meninas do país. Quando a gente lutava com ela, parecia que estava lutando com uma telepata. Ela sabia ler a trajetória do meu punho antes dos meus socos chegarem nela. E o corpo era tão torneado que parecia uma chapa de plástico enrijecido. Quando eu conseguia acertar o corpo dela, ficava com a sensação de que tinha encostado numa coisa elétrica. Ela usava o cabelo bem curtinho e tinha um rosto redondo e macio, e, na hora em que venceu a nossa luta, a luta que valia o título, ela olhou pra mim. Naquela época, eu usava um quepe com uma cauda de guaxinim. Se a gente se encontrasse hoje, vai saber se ela me reconheceria.

Futuro

Meninas já nascem com todos os óvulos que terão à disposição durante a vida. Pequeninas lutadoras do futuro estão aninhadas no corpo pueril das garotinhas. Os homens são becos sem saída, mas as meninas são um vaivém infinito. É como observar o próprio reflexo em espelhos dispostos frente a frente; não dá para saber onde começou a primeira atleta e onde terminará a última. O campeonato Filhas da América não será eterno. A Confederação de Boxe Juvenil Feminino, assim como tantas instituições que vieram antes, acabará por desmoronar para depois se reerguer de cara nova.

Os Jogos Olímpicos foram banidos no ano de 393 d.C. por serem pagãos demais.

Rose Mueller sempre pensou que um útero era como o paraíso. Um médico certa vez lhe disse que uma cesárea era como pescar um corpo numa piscina de sangue. Quando Rose Mueller morrer aos setenta e tantos anos, com o filho e o marido ao seu lado num hospital de Dallas, imaginará o próprio corpo estirado em uma poça vermelha grudenta, afundando devagar na substância viscosa.

Quanto mais ela afunda, mais vermelho é o líquido, até que começa a sentir o vermelho por todos os lados e só vê vermelho ao piscar os olhos.

Como numa luta de boxe, os vaivéns responsáveis por determinar o surgimento de meninas lutadoras não se dão de modo linear. Rose Mueller não renasce, de imediato, em uma nova boxeadora. O que acontece é que todas as meninas têm, dentro de si, a habilidade de se tornar lutadoras. Depois que Artemis Victor e Andi Taylor e Iggy Lang e Izzy Lang e Rachel Doricko e Kate Heffer e Tanya Maw ficarem velhas demais para disputar o campeonato Filhas da América, serão logo substituídas por novas competidoras. Por décadas a fio, meninas lutarão no Bob's Boxing Palace. Centenas de meninas desferirão inúmeros golpes. Um ano se embrenhará dentro do outro. Meninas dos quatro cantos do país irão até lá tentar a sorte. Antes de toda luta, os juízes vão conferir se não há chumbo nas luvas. Em determinado momento, o pugilismo perderá força por conta da guerra e da seca, que vão dificultar a prática de esportes recreativos. O Bob's Boxing Palace e Reno serão abandonados. As paredes de alumínio da academia de Bob vão desmoronar. Novas pátrias serão formadas. As pessoas passarão a viver em outros planetas. Em um desses novos planetas haverá uma menina que lerá a história de como Roma foi fundada, de como os irmãos gêmeos Rômulo e Remo foram salvos por uma loba que encontrou os dois flutuando dentro de um cesto rio abaixo e lhes deu de mamar. No novo planeta, a menina se pergunta se ela própria não seria um animal. Ela se pergunta por que a loba resgatou os meninos, ainda mais dado que, depois de todo seu esforço, Rômulo acabou assassinando o irmão por pura ganância. Vai ver a loba só queria alguém pra brincar com ela, pensa a menina naquele novo planeta. Vai ver ela só queria alguém pra rolar junto na terra. Por que minhas mãos são tão parecidas e tão diferentes das patas de um animal?, a menina no novo planeta vai se perguntar. Será que tem outra menina neste planeta disposta a brincar de bate-palma comigo? A menina no novo planeta encontrará uma companheira para brincar de bate-palma. As duas vão discutir por causa da autenticidade da letra das cantigas. Uma vai golpear a outra e depois entrarão numa briga para valer. Feito aves de rapina, uma circundará o corpo da outra. Uma menina flexiona os joelhos, estende as mãos, arregaça a boca para mostrar os dentes. Suas gengivas são vermelhas. Os dentes, brancos e tortos. Uma trança longa e espessa cai pelas costas. Seis luas roxas rompem horizonte acima, lá no alto. Quando a menina salta para agarrar a outra, passa reto por ela, tropeça, firma os pés mais uma vez e neste instante o olhar das duas se encontra.

Agradecimentos

Preciso dizer obrigada para:

Instituições
The Whiting Foundation
MacDowell
Hawthornden Castle

Agentes
Kristina Moore
Katie Cacouris
Jin Auh
Luke Ingram

Pessoas que acreditaram
Oscar Villalon, editor da revista *ZYZZYVA*,
    que publicou um trecho deste livro em 2019
Jill Meyers, editora da A Strange Object,
    que publicou meu primeiro livro, *Belly Up*
Diane Williams, editora do anuário *NOON* e cujo incentivo
    e generosidade são meu sustento
Michael Silverblatt, que apresenta o programa de rádio *Bookworm*
    e me ofereceu comentários preciosos e uma gentileza sem igual

Professoras
Laura van den Berg
Lorrie Moore
Nancy Reisman
Adrianne Harun

Amizades generosas que leram os primeiros rascunhos deste livro
Patrick Cottrell
Rebekah Bergman
Karina Mudd
Gillian Brassil
Joanna Howard
Maria Anderson
Mimi Lok

Amizades que vivem longe de mim
Elana Siegal
Laura MacMillan
Shanoor Seervai
Meg Weeks

Amizades que vivem perto de mim
Peggy Lee
Shanna Farrell
Lindsay Albert
Jenna Garrett, em especial pelas imagens maravilhosas
    que ofereceu a este projeto
Sara Fan
Léonie Guyer
Mac McGinnes (1939-2022)
Nathaniel Dorsky

Família
Barbara Lombardi
Audrey Bullwinkel
Clay Bullwinkel
Denise Bullwinkel
Alex Spoto
Lucia Spoto
Elora Spoto
Angelo Spoto
Mary T. Spoto
Wes Hall
Naia Hall

A equipe desta edição da Todavia
Ana Paula Hisayama
Leandro Sarmatz
Mario Santin Frugiuele
Carolina Kuhn Facchin
Aline Valli
Mario Ferraz Junior
Luisa Tieppo
Marcela Lanius
Julia Custodio
Isa Próspero
Érika Nogueira Vieira
Gabriela Marques Rocha
Lívia Takemura

Headshot © Rita Bullwinkel, 2024. Todos os direitos reservados.

Todos os direitos desta edição reservados à Todavia.

Grafia atualizada segundo o Acordo Ortográfico da Língua Portuguesa de 1990, que entrou em vigor no Brasil em 2009.

capa
Julia Custodio
imagem de capa
CasarsaGuru/ iStock
composição
Lívia Takemura
preparação
Isa Próspero
revisão
Érika Nogueira Vieira
Gabriela Marques Rocha

Dados Internacionais de Catalogação na Publicação (CIP)

Bullwinkel, Rita (1988-)
Porrada : Romance / Rita Bullwinkel ; tradução Marcela Lanius. — 1. ed. — São Paulo : Todavia, 2025.

Título original: Headshot
ISBN 978-65-5692-849-4

1. Literatura norte-americana. 2. Romance. 3. Ficção contemporânea. I. Lanius, Marcela. II. Título.

CDD 813

Índice para catálogo sistemático:
1. Literatura norte-americana : Romance 813

Bruna Heller — Bibliotecária — CRB 10/2348

todavia
Rua Fidalga, 826
05432.000 São Paulo SP
T. 55 11 3094 0500
www.todavialivros.com.br

fonte
Register*
papel
Pólen natural 80 g/m²
impressão
Geográfica